어게인 마이 라이프

SEASON 2

어게인 마이 라이프 Season 2 12

2016년 11월 18일 초판 1쇄 인쇄
2016년 11월 23일 초판 1쇄 발행

지은이 이해날
발행인 이종주

기획 팀 이기헌 송윤성 왕소현
책임 편집 최전경

발행처 (주)로크미디어
출판등록 2003년 3월 24일
주소 서울시 마포구 성암로 330 DMC첨단산업센터 3층 314호
Tel (02)3273-5135 Fax (02)3273-5134
홈페이지 rokmedia.com E-mail rokmedia@empas.com

ⓒ 이해날, 2016

값 8,000원

ISBN 979-11-6048-013-9 (12권)
ISBN 979-11-255-8823-8 04810 (세트)

SEASON 2

**어게인
마이 라이프**

S E A S O N 2

이해날 장편소설

CONTENTS

Chapter 1

　대송이 길게 뻗어 있는 고풍스러운 한옥집이었다.

　더위가 오기 전의 습한 바람이 소나무 사이를 지나가고 있었다.

　누가 봤다면 공원이냐고 물어봤을 넓은 정원. 그곳은 천호령 회장의 자택이었다.

　천호령 회장은 정원의 잔디밭을 가로지르는 돌길을 지나 정자에 섰다. 그리고 정자 앞 연못에서 비단잉어가 움직이고 있는 모습을 물끄러미 바라보았다.

　잠시 후, 그의 옆으로 한 남자가 걸어왔다.

　조진석 비서실장이었다.

　비서실장이라고 하지만 그의 존재를 아는 사람은 극히 드

물었다. 천호령 회장의 세 아들조차도 조진석 비서실장이 있다는 것을 알지 못할 정도였으니까.

조진석 비서실장이 천호령 회장에게 허리를 살짝 굽힌 후 폈다.

천호령 회장은 연못에서 눈도 떼지 않고 입을 열었다.

"누가 먼저 움직이고 있지?"

"천유성 사장입니다."

천호령 회장은 여전히 연못의 잉어만 바라볼 뿐이었다. 하지만 그의 입가에 흐뭇한 미소가 걸려 있었다.

천호령 회장은 얼마 전, 그룹의 중요 인물들을 모아 두고 '김희우가 우리 그룹에 보낸 편지야. 그 내용이 뭔지 잘 생각해서 보고하도록.'이라는 말을 전한 적이 있었다.

하지만 그 말은 김희우라는 변호사를 찍어 누르라는 뜻이 아니었다.

이제 일개 변호사가 된 김희우는 제왕 그룹의 입장에서 보면 먼지 같은 존재일 뿐이었다. 천호령 회장의 말은 김희우 같은 먼지가 달라붙지 않도록 더 강한 그룹을 만들라는 뜻이었다.

그러나 듣기에 따라서는 강한 그룹으로 만드는 사람에게 경영권을 승계할 수도 있다는 말로 들릴 수도 있었다.

물론 천호령 회장은 그런 말은 전혀 하지 않았다.

잉어를 바라보며 천호령 회장이 다시 물었다.

"그래, 유성이가 먼저 움직일 것으로 봤어. 어떤 걸 하고 있나?"

"신기술을 개발하고 있는 중소기업 인수를 우선으로 하고 있는 것 같습니다."

"그 회사를 가져서 경영 능력을 인정받겠다는 건가?"

"네. 그럴 것으로 보입니다."

천호령 회장이 고개를 끄덕였다.

"그래, 남의 것을 빼앗는 것이야말로 경영의 시작이지."

두 사람의 사이에 더운 바람이 불어왔다.

그 바람이 머리카락을 날릴 때, 조진석 비서실장이 조금 걱정스러운 표정으로 천호령 회장을 바라보며 입을 열었다.

"그런데 김희우는 왜 놔두는 겁니까?"

천호령 회장은 잉어를 바라보던 것을 멈추고 느긋하게 정자에 앉으며 말했다.

"어디선가 들었어. 어부가 물고기를 잡아 항구로 돌아올 때, 천적 물고기를 창고에 같이 넣어 둔다고 하더군. 그럼 물고기가 생기 있게 살아서 도착한다고 해."

"……."

"김희우는 내게 딱 그 정도일 뿐이야. 아들놈들이 싱싱하게 살아서 파닥거리게 만들어 줘야지."

천호령 회장은 정자의 구석에 있는 물고기 밥을 들어 연못에 뿌렸다. 그러자 물길이 요란하게 일어나며 잉어들이 밥을 먹기 위해 입을 움직였다.

천호령 회장이 말을 이었다.

"자네가 할 일은 계속 김희우를 보며 놈이 어떻게 움직이고 있는지 관찰하는 거야. 놈이 위험한 위치까지 올라선다면."

"……."

"어떻게 하겠나? 죽여야지."

조진석 비서실장이 고개를 숙였다.

"네, 그럼 계속 김희우를 예의 주시하고 지켜보겠습니다."

"그래그래."

천호령 회장이 연못을 보다가 몸을 일으켰다. 그리고 천천히 조진석 비서실장을 향해 다가왔다.

"내가 후계를 결정하려고 한다는 소문은 계속 흘리고 있지?"

"네, 정재계에서부터 흘러나오도록 만들었습니다."

천호령 회장이 인자한 표정으로 웃으며 조진석 비서실장의 옆을 스쳐 지나갔다. 그리고 낮은 목소리로 입을 열었다.

"멍청한 놈들이지. 내가 그렇게 죽기 전에 후계를 만들지 않겠다고 말했는데, 그걸 믿고 있다니."

천호령 회장이 정자 위로 올라가자 조진석 비서실장이 조용히 그 뒤를 따랐다.

정자에 앉은 천호령 회장과 조진석 실장의 사이에는 술상이 놓여 있었다.

천호령 회장이 술병을 들어 조진석 실장의 잔을 채웠다.

조진석 실장이 잔을 들어 마시며 입을 열었다.

"정계는 거의 손에 들어오고 있습니다. 황진용 의원 등 몇몇 버티는 세력이 있기는 한데 오래 걸리지 않을 것 같습니다."

"잘했어. 정치인과는 손잡는 게 아니야."

천호령 회장이 흐뭇하게 웃으며 잔을 들어 마셨다.

조진석은 술병을 들고 있다가 천호령 회장의 빈 잔을 채웠다.

꼴꼴꼴 술이 따라지는 소리를 들으며 천호령 회장이 말을 이었다.

"조태섭 의원이 떠난 후, 정경유착을 하던 기업들이 어떻게 되었나?"

조태섭은 희우가 잡았던 희대의 권력자였다.

그 아래에서 비호를 받으며 컸던 기업들은 조태섭이 무너지며 다 함께 흔들릴 수밖에 없었다.

천호령 회장이 계속 말했다.

"천하 그룹도 그렇고 다른 그룹도 검찰의 조사를 받을 수밖에 없었지. 하지만 우리는 아니야. 난 애초에 정경유착을 싫어하는 사람이니까 놈과 상관이 없거든."

"……"

"사람은 돈과 명예 권력을 추구한다고 하지만 거짓말이야. 돈은 권력도 움직이게 할 수 있지. 권력은 돈 아래에 두는 거야. 돈이면 다 할 수 있어."

희대의 권력자 조태섭 의원이 떠난 정계. 그곳에 제왕 그룹의 돈이 흘러들어 가며 장악되고 있었다.

며칠 후.

희우는 중앙 지검 앞에 있는 커피숍에 앉아 있었다.

잠시 후, 희우의 앞에 한 남자가 섰다.

"흘흘흘, 여기서 뭐하는 거냐?"

남자는 희우와 함께 대학을 다녔고 검찰 생활을 했던 이민수 검사였다.

희대의 권력자를 잡을 때, 큰 역할을 해 줬던 민수. 그는 아직도 검찰에서 열심히 검사 생활을 하고 있었다.

희우가 민수를 보고 반갑게 미소 지었다.

"아, 선배. 오랜만이에요."

"오랜만이긴."

민수는 장난스럽게 웃으며 희우의 앞에 앉았다. 그리고 계속 말을 이었다.

"네가 계속 정치 쪽에 있어야 내가 총장도 해 보고 그럴 수 있는데. 그래도 신문 보니까 네가 요즘 잘나가서 좋다. 얼마 전에 박승환이 엿 먹였다며? 흘흘흘."

"엿 먹이기는요. 진범을 찾기 위해 움직인 거죠."

"그게 엿 먹인 거지. 박승환이가 그날, 날밤 새워서 술 마

어게인
마이라이프
SEASON2

셨다고 하더라. 맨날 너한테 깨진다고."

희우는 민수와 함께 잠깐의 인사말을 나눴다.

민수가 커피를 들어 마시며 물었다.

"그런데 무슨 일로 여기까지 온 거야? 할 말 있으면 집 근처에서 봐도 되잖아."

"윤수련 검사라고 있죠?"

"윤수련?"

민수는 고개를 갸웃거리며 희우를 바라봤다. 그리고 고개를 끄덕였다.

"응. 그런데 왜?"

"개인적으로 좀 만나 봤으면 해서요."

민수는 천천히 고개를 끄덕였다. 생각에 빠진 모양이었다. 그리고 잠시 후 입을 열었다.

"이유는?"

희우가 어깨를 으쓱해 보였다.

"정지석 사건 맡고 있던 검사잖아요. 저 때문에 조사하던 거 다 날리게 되었을 텐데, 미안하다는 말이라도 해야죠."

민수가 고개를 저었다.

"그게 전부가 아니잖아? 네가 그런 이유로 만나자고 했으면 박승환이부터 위로해 줬어야지. 그놈은 법정에서 깨졌는데. 흘흘흘."

희우는 잠시 생각에 빠졌다.

민수는 촉이 좋고 머리 회전이 뛰어난 사람이다.

어설픈 거짓말은 오히려 독이 되어 돌아올 수 있다.

잠시 생각하던 희우가 천천히 입을 열었다.

"센 놈하고 붙어 보려 하는데 윤수련 검사가 필요해요."

민수의 눈이 가늘게 떠졌다. 그의 눈동자가 희우를 천천히 헤집기 시작했다.

"윤수련을 만나 본 적 있어? 없지 않아?"

윤수련은 희우가 이전의 삶에서 만났던 사람이었다.

이번의 삶에선 윤수련이 임관하기 전에 검찰을 떠났기에 만날 수 있는 사람은 아니었다.

그런데 왜 갑자기 윤수련을 찾으려 할까?

민수의 눈이 가만히 희우를 바라봤다.

희우가 입을 열었다.

"개인적으로 조사해 봤어요. 일을 하는데 믿을 만한 사람이더라고요."

민수가 어이없다는 듯 고개를 저었다.

"흘흘흘, 김희우 전 국회의원님이 이제 검찰을 사찰하시나?"

물론 장난기로 가득한 말투였다.

민수가 자세를 고쳐 앉으며 희우에게 작은 목소리로 물었다.

"누구하고 싸울 거야?"

"그건 아직 잘 모르겠어요. 희미하긴 한데 선명하지 않아서요. 확실해지면 말씀드릴게요."

아직까지 민수에게 누구와 싸운다는 말을 하기는 어려웠다. 거짓말로 속이기도 어려운 사람. 거짓을 말할 수 없다면 하지 않는 편이 좋다.

민수 역시 희우가 입을 열지 않기로 마음먹었다면 쉽게 말해 줄 사람이 아니란 걸 잘 알고 있었다.

"흘흘흘, 알았어. 나중에 확실해지면 알려 줘. 재밌는 일은 혼자 하는 게 아닌 거 알지?"

민수는 인생의 목표를 재미에서 찾는 사람이다. 그는 갑자기 기분이 좋아졌는지 콧노래를 부르며 핸드폰을 꺼내 전화번호를 검색했다. 그리고 말을 이었다.

"윤수련이라고 했지? 잠깐만…… 여기 있다."

민수는 수첩을 꺼내 전화번호를 적은 후 희우에게 건넸다.

"감사합니다."

"아냐. 들어가서 이야기해 둘 테니까 시간 봐서 전화해 봐. 아니다. 지금 할 일 없을 테니까 여기로 오라고 할게. 조금만 기다려."

민수는 일이 있다며 먼저 들어갔고 희우는 그 자리에 남아 윤수련을 기다렸다.

희우가 낮은 목소리로 입을 열었다.

"윤수련……."

제왕 그룹과 싸우기 위해 필요한 검사다.

희우는 그녀의 이름을 중얼거리며 이전의 삶을 떠올리기

시작했다.

이전의 삶에서 뇌물을 받아 감옥에 갔던 검사가 있었다. 증거도 명확하지 않았고 사실관계도 부정확했지만 그 검사는 모든 죄를 뒤집어쓰고 감옥에 갔었다.

희우는 그 이름을 기억하고 있었다.

그 검사의 이름이 윤수련이었다.

그녀는 이전의 삶에서 희우의 연수원 동기였다.

두 사람 다 좋지 않은 성격을 가지고 있었기에 친하지는 않았지만 같은 검사를 하고 있었기에 멀리서 응원하고 있었다.

희우는 그녀가 조사했던 그룹을 떠올렸다.

윤수련이 당시 파고들던 그룹은 바로 제왕 그룹이었다.

희우의 손가락이 톡톡, 테이블을 치기 시작했다. 그리고 다시 생각에 빠져들었다.

제왕 그룹은 조태섭과 방향을 달리하는 그룹이다.

그런 제왕 그룹이 일개 검사인 윤수련을 막아 달라는 부탁을 하며 조태섭과 손잡았다.

그것은 윤수련이 제왕 그룹 천호령 회장의 턱밑까지 칼끝을 겨눴다는 뜻이기도 했다.

희우가 제왕 그룹을 조사한다고 해서 그때 윤수련이 가지고 있던 정보까지 손에 쥘 수 있을까? 그건 확실히 답할 수 없는 문제였다.

그리고 희우는 변호사. 검찰에 있는 윤수련과 취급할 수 있는 정보의 크기가 달랐다.

희우는 커피 잔을 들어 마셨다.

뜨거웠던 커피는 이제 식어 버렸다.

그것처럼 희우가 알고 있는 미래는 뒤죽박죽 변하고 있었다.

희대의 권력자 아래 있던 정계는 제왕 그룹의 돈에 넘어가고 있고 제왕 그룹은 더욱 강해지는 중이었다.

윤수련은 제왕 그룹과의 싸움에서 이번에도 패배로 끝날 것이다.

하지만 희우는 그 미래를 알고 있었다.

그녀가 어떤 식으로 실패했는지, 어떤 방해가 있었는지.

그러면 희우와 윤수련이 손잡으면 제왕 그룹을 무너뜨릴 수 있지 않을까?

희우의 머릿속이 복잡하게 움직이기 시작했다.

그리고 잠시 후.

커피숍의 안으로 윤수련 검사가 들어왔다.

하나로 질끈 묶은 머리와 반듯한 이마, 그리고 차가운 눈빛은 그녀의 성격을 말해 주는 것 같았다.

윤수련은 희우를 알아보고 그 앞으로 걸어왔다.

희우는 그녀를 보며 그만 자신도 모르게 웃고 말았다.

그로서는 오랜만에 만났기에 반가울 수밖에 없었다.

하지만 그녀의 입장에서는 오늘 희우를 처음 만난 것. 희우와 달리 그녀의 표정은 차가웠다.

가까이 온 그녀가 살짝 고개를 숙여 인사한 후, 입을 열었다.

"김희우 변호사님?"

희우가 자리에서 일어나 그녀에게 인사했다.

"네, 김희우입니다. 윤수련 검사님이시죠?"

두 사람은 마주 앉았다.

먼저 입을 연 것은 그녀였다.

"저를 만나자고 하셨다고요?"

윤수련 검사는 바쁜 듯 손목을 들어 시계를 바라봤다. 그리고 말을 이었다.

"정지석 사건은 끝난 것으로 아는데 저를 만나자고 한 이유가 뭔가요?"

희우의 눈이 그녀를 가만히 바라봤다. 상대는 검사. 말을 애매하게 돌리면 시간만 낭비할 뿐이라고 생각했다.

"제왕 그룹에 대해 조사하고 계시죠?"

그녀의 눈이 순간적으로 떨렸다. 하지만 희우는 그 순간을 놓치지 않았다.

윤수련은 떨리는 눈빛을 숨기며 입을 열었다.

"제왕 그룹을 조사하는 곳은 반부패부가 아닐까요? 전 형사 쪽이라서요."

희우는 살짝 웃으며 커피 잔을 들어 입에 댔다.

그는 그녀가 숨기고 있다는 것을 알고 있었다.

제왕 그룹과 마주한다는 게 얼마나 위험한 일인지 잘 알고 있을 테니까.

희우가 말했다.

"알고 왔습니다. 어떻게 알았는지는 묻지 마세요. 말씀드릴 수 없는 일이니까요."

"뭘 알고 오셨는지는 모르겠지만 전 모르는 일입니다."

희우는 빙긋이 웃었다.

"알겠습니다. 오늘은 여기까지만 하죠."

"……!"

길게 파고들어 갈 줄 알았는데 이렇게 쉽게 포기해 버리다니, 그녀의 눈빛에 느낌표가 새겨졌다.

그녀는 검사였지만 희우는 그녀 이상으로 오랜 세월 검사직을 수행해 왔다. 게다가 정치까지 해 본 경험이 있었기에 상대를 들었다 놨다 하는 화법에서 그녀에게 밀리기는 어려운 일이었다.

그녀가 멍하니 있자 희우가 다시 입을 열었다.

"아, 지금은 자유롭게 제왕 그룹을 조사해도 좋습니다. 왜냐하면 녀석들은 지금 나를 신경 쓰고 있을 테니까요."

"네?"

"정지석의 매니저와 함께 잡혀간 사람이 누굽니까?"

희우가 그 이름을 말해 주지 않아도 알 수 있었다.

김후언 서울시 의원이었다.

희우가 계속 말했다.

"그 의원의 위에 있는 사람이 누구인지 알아보세요. 그럼 제가 한 말을 이해할 수 있을 겁니다."

"네? 네."

제왕 그룹을 조사하지 않는다고 했던 윤수련. 그녀는 자신도 모르게 인정해 버리고 말았다.

희우는 그녀를 보며 슬쩍 웃은 후에 테이블 위에 명함을 두고 자리에서 일어섰다.

"제왕 그룹을 이기고 싶으면 연락 주십시오. 기다리겠습니다."

그 말을 끝으로 희우는 자리를 벗어났다.

그가 떠났지만 그녀는 멍하니 그 자리에 앉아 명함만 바라볼 뿐이었다.

희우가 자신이 하고 싶은 말만 하고 떠나 버리자 귀신에 홀린 느낌만 들었다.

잠시 후, 그녀는 고개를 저으며 자리에서 일어섰다. 그리고 한숨 섞인 목소리로 중얼거렸다.

"누군가를 믿으면 안 되는 일이라는 걸 잘 알고 있잖아. 흔들리지 말자."

그녀는 커피숍을 벗어났다.

그녀가 떠난 테이블에는 희우가 내려 둔 명함이 그대로 있었다.

그러나 잠시 후 커피숍을 벗어났던 윤수련은 다시 돌아왔다.

그녀는 다시 테이블로 다가가 명함을 물끄러미 바라봤다. 그리고 손으로 집어 들며 다시 한숨을 내쉬었다.

자신도 왜 이렇게 행동하는지 잘 알지 못했다.

잠시 후, 윤수련은 민수와 함께 지검의 휴게실에 앉아 있었다. 민수가 장난스럽게 웃으며 윤수련을 바라봤다.

"그래서 묻고 싶은 게 뭐야? 김희우?"

윤수련은 고개를 저었다.

"아뇨, 이런 문제는 저보다 선배님이 잘 아실 것 같아서요."

"나야 모든 문제를 잘 알고 있지. 뭐든 말해 봐. 척척박사님이거든."

민수를 보며 윤수련은 미간을 찌푸렸다.

그의 실력이 좋은 것은 인정했다. 하지만 하는 행동이 워낙 괴짜다 보니 함께하기에 피곤한 스타일이었다. 그래서 검찰 내부에서도 많은 사람들이 민수를 피하고 있었다.

그녀 역시 민수를 가까이하고 싶지는 않았지만 그의 말대로 모든 문제를 꿰뚫는 능력은 민수가 최고였으니 어쩔 수 없었다.

윤수련은 잠시 머뭇거리다가 입을 열었다.

"이번에 서울시 김후언 의원 문제 있잖아요. 그게 궁금해서 그런데 김후언 의원의 위에는 누가 있나요?"

"김후언? 이번에 정지석이 사건?"

고개를 끄덕이는 윤수련을 보던 민수가 머리를 긁적인 후 대답했다.

"그 위에는 진규학 의원이 있지."

"……!"

민수가 씨익 웃으며 윤수련에게 얼굴을 가까이 댔다.

"몰랐구나? 이거 정치하는 사람들은 쉬쉬하면서 다 알고 있는 일인데. 그럼 진규학 의원 뒤에는 뭐가 있는지 알아?"

끄덕거리는 윤수련. 그것은 진규학 의원이 제왕 그룹 출신이었으니 어렵지 않게 유추할 수 있는 일이었다.

민수가 다시 입을 열었다.

"할 거야?"

"네? 뭐…… 뭘요?"

"희우가 제안한 거."

그녀가 고개를 저었다.

"생각 좀 해 보겠습니다."

그 말에 민수가 다시 얼굴을 떼며 웃었다.

"생각 잘 해 봐. 그런데 희우가 한다면 재밌는 일일 거야."

민수가 자리에서 일어섰고, 그녀는 계속해서 그 자리에 앉아 있었다.

복도를 걸어가는 민수의 눈에 장난기가 가득 맺혔다.

"제왕 슈퍼나 제왕 피시방이 아니라 제왕 그룹을 잡는다고? 과연 그릇이 달라. 그릇이. 흘흘흘."

희우는 민수에게 제왕 그룹과 싸운다는 말을 하지 않았다.

하지만 그는 윤수련과의 대화를 토대로 희우가 싸우려는

상대를 알 수 있었다.

민수의 얼굴은 더없이 즐거워 보였다. 그의 걸음이 잠시 멈췄다. 그는 창밖의 하늘을 바라봤다.

"하긴 조태섭도 잡은 너니까 네가 한다면 가능할 수도 있겠다. 난 어느 역할을 해야 재밌으려나. 이번엔 희우랑 싸워 볼까? 흘흘흘."

그날 밤.

윤수련은 모니터에 시선을 두고 있었다.

눈으로는 모니터는 보고 있지만 머릿속은 그렇지 않았다.

그녀의 머릿속은 온통 김희우로 가득 차 있었다.

희우가 말했었다.

―아, 지금은 자유롭게 제왕 그룹을 조사해도 좋습니다. 왜냐하면 녀석들은 지금 나를 노리고 있을 테니까요.

그 말은 희우가 제왕 그룹을 노리고 김후언을 잡았다는 말이었다. 그리고 제왕 그룹이 그 일을 알고 있다는 뜻이기도 했다.

그녀가 중얼거렸다.

"믿을 수 있을까?"

희우는 검찰 출신의 정치인이었다.

검사를 하는 사람 중에는 공천받기 수월하게 하기 위해 들어오는 이도 있었다.

그녀는 희우도 그런 사람 중 하나일 거라고 생각했다.

그녀의 고민은 끊이지 않았다.

그 시각, 희우는 퇴근하지 않고 사무실에 앉아 있었다.

그는 지금 제왕 그룹을 도식화하는 중이었다.

제왕 그룹의 천호령 회장이 있고 그 아래 세 아들이 있다.

천지용 정책본부 본부장.

천유성 제왕 백화점 사장.

천하민 제왕 호텔 사장.

각각의 지분은 하나의 흐트러짐 없이 똑같았다.

즉, 천호령 회장이 지분을 넘기지 않는 한 그들이 지니고 있는 지분의 수는 변동할 수 없다는 것.

천호령 회장은 세 아들이 서로 후계자가 되기 위해 경쟁하며 그룹을 끌어올리기를 바라고 있었다.

희우는 고개를 갸웃거렸다.

경쟁하라고 지분을 동등하게 둔 것은 이해할 수 있다.

문제는 천호령 회장의 나이였다.

이미 많은 나이. 그런 그가 후계를 결정하지 않고 세상을 떠날 시, 세 아들이 가지고 있는 동등한 지분으로 인해 만들어질 후폭풍은 가히 상상하기도 힘들었다.

한쪽이 압도적인 지분을 가지고 있다면 왕좌의 자리를 쉽게 포기할 수 있지만 동등할 경우에는 싸워 볼 만하다는 생각에 왕좌에 대한 미련을 버릴 수 없었으니까.

그런 싸움을 우려한 대부분의 총수들은 그 전에 지분에 대한 작업을 끝내 놓고 한 명의 후계자로 힘을 몰아주기 마련이다.

그런데 천호령 회장은 거기까지 생각하지 않는 것일까?

아니면 다른 의도가 있는 것일까?

희우가 생각을 이어 가고 있을 때, 전화벨이 울렸다.

발신자는 윤수련 검사였다.

"네, 김희우입니다."

–뵙고 싶습니다.

희우가 시계를 슬쩍 확인했다.

밤 10시.

그리고 입을 열었다.

"저는 지금 시간이 괜찮은데, 검사님은 어떤가요?"

–저도 좋습니다.

"그럼 지검 부근에서 뵙죠."

잠시 후, 서초구에 있는 참치 횟집.

이곳은 작은 칸막이로 가려져 있어 밖에서 볼 수 없었기에

밀담을 나누기에는 좋은 공간이었다. 그런 곳에 희우는 윤수련 검사와 마주 앉아 있었다.

희우가 말했다.

"전 검사 시절에 주로 곱창집에서 술을 마셨었거든요. 그런데 이야기를 들어 보니까 요즘은 참치를 많이 먹는다고 하더라고요."

어색한 시간을 풀기 위한 가벼운 인사말이었다.

"자주 먹기는 힘들죠. 검사 월급이 빠듯하기도 하고 시간도 없으니까요."

잠깐의 인사 시간이 끝났다.

그리고 희우가 입을 열었다.

"한상제 변호사 이야기, 알고 있죠?"

스스로 목숨을 끊은 변호사의 이야기는 세상의 화제가 되었었다. 그녀라고 해서 모를 일이 아니었다.

그녀가 고개를 끄덕였다.

"네, 알고 있습니다. 그런데 자살이라고 생각하시나요?"

그녀가 '툭' 하고 던진 말에 희우의 시선이 그녀에게 향했다. 알고 있었느냐는 눈빛이었다.

하지만 그녀는 눈빛을 피하며 말을 이었다.

"꽤 유능한 변호사였고 가정도 화목하다고 들었어요. 자살할 이유를 찾기 어려우니까요."

그녀는 목표를 앞에 두고 말을 빙빙 돌리고 있었다.

이럴 때면 대화의 주제를 다시 앞으로 가져다 두는 게 맞다.

희우가 입을 열었다.

"저도 자살이 아니라고 생각해요. 제왕 그룹에서 어떤 수를 썼겠죠. 하지만 어떤 증거도 남아 있지 않았습니다. 그야말로 완벽한 타살이라고 생각합니다."

"……."

"한상제 변호사의 가족들은 계속 한국에 있으면 위험할 것 같아 일단 해외로 보냈습니다."

그녀는 고개를 끄덕였다.

이때까지 두 사람은 앞에 놓인 회를 한 점도 집지 않았다.

어색한 침묵 후, 그녀가 말했다.

"제가 제왕 그룹을 조사하고 있다는 걸 어떻게 알았나요?"

"그건 묻지 말아 주십시오. 하지만 불법적인 일은 하지 않았으니 걱정하지 마시고요."

그녀가 작게 한숨을 내쉬며 말했다.

"그럼 전 김희우 변호사님을 믿을 수 없습니다."

제왕 그룹과의 전쟁에서 김희우의 손을 잡기 어렵다는 말이었다.

제왕 그룹과 싸우다 보면 위험에 빠질 수 있다. 그녀로서는 무엇이더라도 신중할 수밖에 없었다.

희우가 슬쩍 웃으며 말했다.

"믿지 마세요. 왜 남을 믿습니까? 나도 윤수련 검사님을 믿지 않습니다. 그러니까 자신만 믿으세요. 이 싸움에서 살아남기 위해, 이기기 위해 애써도 모자란데 남을 믿고 있을 시간이 어디 있어요?"

"......!"

"대신 이용하세요. 나도 윤수련 검사님을 이용할 테니까, 그쪽도 나를 이용하세요. 정보는 서로 필요한 만큼, 줄 수 있을 만큼만 줍시다. 딱 이 정도의 선을 그어 놓고 시작하는 게 서로 편합니다."

희우는 말을 마치며 술잔을 들었다. 그리고 입을 열었다.

"우리는 딱 술친구 합시다. 술친구는 술이 깨면 친구가 아니래요."

사건을 해결할 때까지만 서로 이용하자는 말에 그녀가 작게 한숨을 내쉬며 술잔을 들어 올렸다.

"필요한 정도의 정보만 제공, 좋습니다. 마시죠."

"성격 화끈하시네요, 윤수련 검사님."

술을 마셨다. 그리고 쪼르륵 술을 따랐다.

두 사람은 다시 건배를 했다.

잔이 부딪치고 다시 마셨다.

몇 번 술잔이 오간 후, 윤수련은 잔을 테이블 위에 내려 뒀다.

지금 윤수련은 소용돌이 속에 빨려 들어가 버린 것 같은 심정이었다.

　마치 자신도 모르게 물살에 잠겨 들어가는 것.

　그게 희우와 만난 느낌이었다.

　그리고 가볍게 한숨을 내쉰 그녀가 고개를 저으며 잔을 들었다.

　"한 잔 더 하죠."

　한 잔, 두 잔 다시 술을 마시는 두 사람.

　희우는 즐거웠다.

　윤수련은 모르겠지만 그녀는 희우의 동기였다. 물론 이전의 삶에서 동기였다.

　희우는 오랜만에 만난 동기와 그간의 담소를 나눴다.

　윤수련의 입장에서 본다면 희우와 첫 만남이었기에 깊은 이야기를 나눌 수 없었다. 하지만 희우는 오가는 가벼운 이야기도 즐거울 수밖에 없었다.

　그리고 술자리가 끝날 무렵.

　시간은 12시가 넘어가고 있었다. 그리고 약간의 취기가 오른 상황. 희우가 입을 열었다.

　"한 이삼일 후부터 윤수련 검사님은 검찰 내부에서 다른 일을 할 필요가 없을 겁니다."

　"네?"

　"하루에도 엄청난 문서를 들여다보느라 힘드시죠? 그런

거 하지 말고 제왕 그룹만 신경 써 주세요. 물론 기밀로 움직여야겠죠."

윤수련이 피식 웃었다. 검사를 해 봤다는 사람이 이상한 소리를 하고 있으니 웃길 수밖에 없었다.

"다른 업무 보지 않고 제왕 그룹에만 신경 쓸 수 있도록 한다고요? 그게 가능할 것 같아요?"

희우는 아무렇지도 않게 고개를 끄덕였다.

"네."

"어떻게요?"

"저라면 가능하게 만들 수 있어요."

희우가 활짝 웃으며 그녀를 바라봤다.

그러자 그녀는 순간적으로 희우라면 그렇게 해 줄 수 있지 않을까 기대해 버리고 말았다.

낡은 아파트.

현관문이 열렸다.

들어온 사람은 윤수련이었다.

15평 정도의 작은 집.

그녀가 살고 있는 곳이었다.

지친 표정의 그녀. 약간 술기운이 남아 있어 어지러웠지만 정신은 흐트러지지 않았다.

그녀는 화장실로 가 세면대의 물을 틀었다.

'쏴' 하고 흘러나오는 물.

그녀는 손에 물을 담아 세수를 시작했다.

철퍽철퍽 소리가 나도록 거친 세수였다.

그리고 그녀는 물기가 묻은 얼굴을 들어 작은 거울을 바라봤다.

거울에 그녀의 얼굴이 비쳤다.

하지만 그녀가 보고 있는 것은 자신의 얼굴이 아니라 옛 기억이었다.

거슬러 올라간 시절.

약 10년도 넘은 그 시절.

그녀는 아직 고등학생이었다.

그녀가 살던 곳은 바닷가. 그리고 그녀의 아버지는 배를 만드는 용접공이었다.

제왕 그룹 계열사인 제왕 중공업 조선소에서 일하는 용접공, 아버지.

엄마는 병원에 있었다.

몸이 약했던 엄마는 집에 있는 날보다 병원에 있는 날이 더 많았다.

아버지는 하나뿐인 딸이 잘 자랄 수 있도록 언제나 열심히 일했다.

힘든 표정은 한 번도 짓지 않았다.

그날도 그랬다.

"아빠 갔다 올게."

교대 근무를 하기 위해 야간에 집을 떠나려는 아버지에게 윤수련은 입을 삐쭉 내밀었다.

"밤엔 일 안 하면 안 돼요? 밤에 혼자 있으면 무서운데……."

아버지는 미안한 표정으로 윤수련을 바라봤다.

"내일 모래부터는 주간이니까, 하루만 참아. 알았지?"

"싫은데……."

윤수련은 일부러 투덜대고 있었다.

다음 날은 다름 아닌 아버지의 생신이었다. 이렇게 투덜거리며 삐진 척했다가 아버지가 새벽에 돌아오면 '짠!' 하고 소고기가 들어 있는 미역국을 해 줄 생각이었다.

원래 깜짝 생일 파티는 기분이 나쁠수록 더 감동이 되는 법이니까.

윤수련은 또 다시 투덜거렸다.

"다른 친구들은 아빠가 놀아 주기도 하고 그러는데…… 나는 맨날 이게 뭐야."

"아빠 금방 갔다 올게. 문 꼭 잠그고 자고 있어."

윤수련의 계획대로 아버지는 침울한 표정으로 출근하셨다.

그게 끝이었다.

아버지는 돌아오시지 않았다.

소고기를 볶고 미역을 넣어 끓인 미역국의 고소한 냄새가 집을 채우고 있었지만 아버지는 돌아오지 않았다.

회사에서 들려온 말.

"야간작업에 나갔다가 행방불명되었습니다. 바다에 빠진 것 같아요."

"안전규정을 지키지 않고 위험한 장소에 혼자 갔습니다."

"다른 사람들이 만류하는데 혼자 할 수 있다며 나갔다고 합니다."

"죽었는지 아니면 다른 곳으로 도망갔는지 알 수 없잖아요? 보니까 아내의 병원비로 힘들어하고 있었고 빚도 꽤 된다고 하던데요? 도망가고 싶은 마음이 충분하지 않을까요?"

"이래서는 산재로 처리하기도 힘들겠는데요."

모두 다 거짓이었다.

조선소는 사고가 발생할수록 프로젝트 수주 시 불이익을 받기에 사고가 나면 일단 숨기기에 급급했다.

해외 발주사들이 조선소에 견적을 받을 때, 회사의 안전 시스템까지 요구하기 때문이다.

그녀는 알고 있었다.

아버지는 안전에 관한 한 철두철미하게 지켰다.

그리고 그날의 사고도 회사 측에서 작업 시간을 줄이기 위해 무리하게 요구했다는 것을 알고 있었다.

하지만 윤수련은 싸울 수 없었다.

힘이 없는 고등학생이기도 했고, 아버지의 실종 소식을 들은 어머니가 충격으로 인해 '뇌출혈'을 일으켜 수술에 들어갔기 때문이다.

　　게다가 돈도 없었다. 그러니 회사에서 합의금이라고 던져 준 수술비를 울면서 받을 뿐이었다.

　　결국 어머니도 수술 중에 돌아가셨다.

　　윤수련에게 남은 것은 '악'뿐이었다.

　　제왕 그룹의 잘못된 점을 파헤친다.

　　제왕 그룹을 세우기 위해 희생당한 사람들의 한을 풀어 준다.

　　그게 그녀가 검사가 된 목적이었다.

　　하지만 제왕 그룹이란 곳은 일개 검사가 싸우기에는 너무도 거대한 상대였다.

　　쏴.

　　수도꼭지에서 물이 쏟아지는 소리가 들려왔다.

　　다시 현실로 돌아온 그녀, 윤수련의 눈에 거울 속에 자신의 모습이 비치고 있었다.

　　술을 많이 마셨는지 그녀의 눈에는 눈물이 흘렀다.

　　그녀는 흐르는 눈물이 싫은지 다시 세수하기 시작했다.

　　다음 날, 희우는 중앙 지검의 지검장실로 향했다.

미리 약속해 두고 왔기에 들어가는 데 어려움은 없었다.

희우가 안으로 들어가자 기다리고 있던 중앙 지검장 정필승이 자리에서 일어섰다.

중앙 지검장 정필승은 차기 검찰 총장으로 유력시되고 있는 인물이기도 했다.

정필승이 반갑게 웃으며 다가왔다. 그리고 사무실 가운데 있는 소파로 희우를 안내했다.

"뭐라고 불러야 하나? 김희우? 김희우 의원? 김희우 변호사?"

"변호사라고 불러 주세요."

"김희우 변호사. 좋군. 앉게."

희우는 사무실의 중앙에 있는 검은 소파에 앉았다.

정필승 지검장과 희우가 서로 만난 적은 없었다.

하지만 서로는 잘 알고 있었다.

지난날, 희우가 희대의 권력자와 싸울 때 정필승은 그쪽 편에 서 있었다. 그리고 희우는 그 반대편에 있었으니 서로 알 수밖에 없었다.

하지만 이제 희대의 권력자가 무너져 내리며 정필승과 희우의 사이에 다른 감정은 남아 있지 않았다.

이젠 서로의 이득을 위해 손잡거나 싸울 뿐이니까.

희우가 입을 열었다.

"부탁드릴 일이 있어 왔습니다."

"부탁? 천하의 김희우가 부탁을 해? 한번 말이나 해 봐."

"형사부에 윤수련 검사라고 있습니다. 적당한 직함 하나 주고 개인 방을 만들어 주셨으면 합니다."

정필승이 차갑게 희우를 바라봤다. 그리고 고개를 갸웃거리며 물었다.

"그건 독단적인 행동이 가능할 수 있도록 해 달라는 말인가? 그건 인사 청탁이잖아? 하하하."

정필승은 여유 있게 웃으며 말을 이었다.

"안 되는 말이야. 검사 한 명이 빠지면 그 많은 업무를 누가 해야 한다고 생각하나? 다른 사람들이 나눠서 한다고 해도 무리야."

하지만 정필승의 목소리는 단호하지 않았다. 그는 희우의 말을 더 들어 보겠다는 여지를 남겨 두고 있었다.

희우가 테이블 위에 있는 차를 들어 마신 후 입을 열었다.

"총장으로 가는 길, 쉽지 않다고 알고 있습니다."

"……!"

"가다 보면 돌부리가 있기도 하고, 비가 오기도 하고, 갈림길이 나타나기도 하죠."

"돌부리가 있으면 피하면 되고, 비가 오면 우산을 쓰면 되네. 갈림길도 요즘은 내비게이션이 있어서 어렵지 않게 찾아갈 수 있어."

희우가 슬쩍 웃으며 고개를 끄덕였다.

"가시는 길에 아래 검사들이 큰 목소리로 응원하면 더 힘

어게인
마이라이프
SEASON2

이 나지 않겠습니까?"

"무슨 말을 하고 싶은 건지, 속 시원하게 했으면 좋겠네, 난 머리가 안 좋아서 말을 빙빙 돌리는 걸 싫어하거든."

정필승 지검장이 비릿한 미소를 지으며 찻잔을 들어 올렸다.

희우가 고개를 끄덕였다.

"청문회를 진행하는 국회의원이라는 게 그렇지 않습니까? 한쪽 당의 손을 잡으면 다른 당에서 지검장님을 탈탈 털겠지요."

"……."

"솔직히 털어서 먼지 안 나는 사람이 있다면 그게 이상한 사람이죠."

"그래서?"

"제가 국회의원을 해 보니까 느낀 것 중 하나가 배지를 달고 있는 분들의 스킬이 작은 먼지를 크게 만들 수 있다는 겁니다. 지검장님은 걸어가다가 100원 동전을 주웠는데 그게 의원들의 귀에 들어가면 100억 뇌물로 바뀔 수도 있다는 거죠."

정필승 지검장은 아무 말도 하지 않았다.

국회의원들은 자신의 당에 유리한 법안, 또는 유리한 사람을 세우기 위해 싸우는 사람들이었다.

정필승 지검장의 반대편에 있는 의원들이 어떤 공격을 해 올지, 생각만 해도 숨이 막힐 정도였다.

희우가 그의 표정을 보며 입을 열었다.

"탈탈 털었는데 먼지보다 더 큰 실적이 뚝뚝 떨어져 내리면 어떨까요?"

"먼지보다 실적이 뚝뚝 떨어져 내린다?"

"윤수련 검사가 한 달에 한 번씩, 지검장님께 선물을 줄 겁니다. 그 선물을 실적으로 만드는 건 물론 지검장님의 능력이겠죠."

"선물? 어떤 선물? 박스는 큰데 뜯어 보면 실망하는 그런 선물을 말하나? 러시아 인형이 그렇지? 큰 인형을 열어 보면 또 작은 인형이 있고 결국 마지막에는 정말 작은 인형이 들어 있는 것. 난 그런 거 싫어하네."

희우가 고개를 저었다.

"맞습니다. 포장지는 허름해도 안에 들어 있는 내용물이 좋아야죠. 막말로 사과 박스 안에 현찰이 가득하면 좋은 거 아니겠습니까?"

"그래서 선물은?"

"일단 약소하게 국내 최대 원조 교제 알선 조직을 사과 박스에 포장해서 드릴까 하는데요."

정필승의 입가에 즐거운 미소가 맺혔다.

희우가 말을 이었다.

"이슈를 만드는 건 지검장님이 하실 일이죠. 전 선물을 드릴 테니 그 선물로 국회의원들의 입을 막는 건 지검장님의 역할입니다."

"윤수련 하나만 밖으로 빼주면 된다는 거지?"

"네."

정필승 지검장이 천천히 고개를 끄덕였다. 그리고 차를 마시며 다시 생각에 빠졌다.

잠시 후, 그가 입을 열었다.

"좋아. 그렇게 하지."

"감사합니다."

희우가 자리에서 일어섰다.

정필승 지검장에게 꾸벅 인사하고 나가는 희우를 보며 정필승 지검장의 입가에 묘한 미소가 걸렸다.

희우가 완전히 지검을 벗어나자 정필승 지검장은 자신의 심복인 검사 한 명과 윤수련을 불렀다.

"부르셨습니까?"

윤수련과 심복이 들어와 인사했다.

정필승 지검장이 고개를 들어 가만히 그녀를 바라봤다.

싸늘한 눈빛.

하지만 윤수련은 피하지 않았다. 그녀로서는 지금 희우가 왔다 갔는지도 몰랐기에 담담히 지검장의 눈빛을 마주할 뿐이었다.

정필승 지검장이 입을 열었다.

"김희우와 무슨 일을 하려는 거지?"

윤수련이 눈을 깜빡거렸다.

"네?"

갑자기 불러내더니 김희우에 대해서 묻는 정필승 지검장. 그녀로서는 이해 못 할 일이었다.

그녀가 아무것도 모른다는 표정으로 바라보자 정필승 지검장이 고개를 끄덕이며 입을 열었다.

"윤수련은 사흘 후부터 시청각실 옆에 빈 방으로 이동하도록 해."

"네? 사흘 후부터요?"

"거기서 특별 임무를 맡게 될 테니까 대기하고 있도록, 필요한 수사관이 있으면 요청하도록 하고."

윤수련은 여전히 멍한 표정이었다. 분명 어제 김희우와 만나서 이야기했는데 이렇게 빨리 진행될 거라고는 생각하지 못했다.

하지만 일단 고개를 끄덕였다.

"네, 알겠습니다."

"나가 봐."

그녀는 정필승에게 꾸벅 고개를 숙이고 지검장실을 벗어났다.

정필승 지검장이 자신의 심복을 슬쩍 바라봤다. 그리고 입을 열었다.

"윤수련이 방에 몰래카메라 설치해라."

"알겠습니다."

심복은 어떤 것도 묻지 않고 고개를 숙이며 답했다.

그를 보던 정필승 지검장이 자리에서 일어섰다. 그리고 천천히 창가로 걸어갔다.

그가 선 창가 건너편에는 대검찰청이 보였다.

"길 하나 건너기 참 어려워."

길을 건너면 검찰총장이 될 수 있다.

하지만 그는 아직 길을 건너지 못하고 있었다.

정필승이 다시 입을 열었다.

"이 길을 건너는데 윤수련이가 내게 도움을 주는 존재일지 아닐지 몰라. 철저히 감시하도록 해."

"네, 알겠습니다."

심복이 다시 고개를 숙이며 답했다.

정필승 지검장의 심복의 이름은 심영복. 희우나 민수보다 몇 기수 위의 선배로, 부장검사직을 수행하고 있었다.

정필승이 다시 입을 열었다.

"그래, 나가 보도록 해."

심영복이 고개를 숙이고 방을 빠져나갔다.

정필승의 눈은 계속해서 창밖을 통해 아래를 바라보고 있었다.

그가 중얼거렸다.

"김희우……. 난 너를 믿지 않아. 너를 믿다가 인생 망친 사람이 몇 명인데 너를 믿을 수 있겠어? 하지만 철저히 이용해 주마. 넌 내 낚싯바늘에 걸려 있는 미끼야."

며칠 후.

희우는 윤수련과 앉아 있었다.

윤수련이 말했다.

"뭘 하려는 거죠?"

"지검장님께 이야기 못 들었어요?"

그녀가 고개를 저었다.

희우가 말했다.

"한 달에 한 번씩, 윤수련 검사님은 큰 건을 물어다가 지검장에게 넘길 겁니다. 그 대가로 자유를 얻은 거고요."

"큰 건요?"

"시작은 국내 최대 원조 교제 알선 조직이에요."

그녀가 눈을 깜빡였다.

"원조 교제 조직요?"

그녀는 희우를 보며 그걸 어떻게 알고 있냐는 표정을 지었다.

희우는 어깨를 으쓱해 보일 뿐이었다.

국내 최대 원조 교제 알선 조직. 이것은 희우가 이전의 삶에서 처리했던 일이었다.

처음 맡았던 큰 사건이었기에 또렷이 기억하고 있었고 누구보다 잘 알고 있기도 했다.

희우가 입을 열었다.

"동행할 친구가 있어요. 제가 검사 생활할 때, 김산에서 만났던 친구거든요."

그녀가 알고 있다는 듯 고개를 끄덕였다.

"김산에서 김희우 변호사님이 했던 일은 지금도 회자되고 있어요."

그녀도 희우가 김산에서 어떤 일을 했는지 잘 알고 있었다. 갓 부임한 검사가 마약과 인신매매 등 굵직한 사건을 연속해서 터뜨렸던 일.

비록 당시에 전 서울 지검장이 사건을 처리했다고 세간에 알려지기는 했으나 발 없는 말이 천 리 간다고, 검사들은 암암리에 희우가 한 것으로 알고 있었다.

그리고 신임 검사들에게는 하나의 신화처럼 여겨지는 사건이기도 했다.

희우가 입을 열었다.

"그때 김산에서 주먹을 쓰던 친구가 있는데 지금은 어엿한 대학생이에요. 이번 일은 조금 위험할 수도 있어서 같이하자고 연락했더니 흔쾌히 좋다고 하네요."

희우가 말하는 사람은 이연석이라는 이름의 대학생이었다.

당시 김산에서 주먹 생활을 하던 이연석.

희우의 이전 삶에서는 쭉 주먹 생활을 이어 가며 한국 최고의 주먹 중 한 명이 될 인물이었다. 하지만 희우가 김산으로 가면서 이연석의 어머니 병원비를 내주고 공부까지 시켜

서 지금은 평범한 대학 생활을 이어 가고 있었다.

지금 원조 교제 일당과 마주할 때 희우 혼자서 간다면 굳이 연석을 부를 필요가 없지만, 윤수련과 함께 가는 일이었다. 그래서 혹시나 모를 위험 상황에 대비해 가드를 부탁할 셈으로 연석을 부른 것이다.

영화나 드라마에서는 여자 검사나 경찰들이 화려한 액션을 선보이지만 그건 어디까지나 픽션일 뿐이니까.

잠시 후, 연석이 커피숍 안으로 들어왔다.

희우가 반가운 표정으로 연석을 바라봤다.

"왔어?"

연석은 꾸벅 고개를 숙이고 희우의 옆에 앉았다.

희우가 말했다.

"공부는 잘되고?"

"하하, 나쁘지는 않아요."

쑥스럽게 말하는 연석을 윤수련은 물끄러미 바라봤다. 가벼운 옷차림을 하고 있는 연석은 어딜 봐도 주먹을 쓰게 생기지 않았다.

희우가 두 사람을 소개시켰다.

"이쪽은 중앙 지검의 윤수련 검사님. 그리고 이쪽은 방금 말했던 이연석, 대학생입니다."

모르는 사람끼리의 어색한 인사가 끝나고 희우가 말을 이었다.

"서울 외곽과 경기도로 이어지는 곳에 원조 교제가 벌어지고 있습니다."

희우는 가방에서 서류를 꺼내 테이블 위에 올렸다. 그리고 계속 말했다.

"이건 원조 교제 알선 사이트고요. 현재 열다섯 곳이 있습니다."

윤수련이 서류를 들어 봤다.

"성인 얼굴이 있는데요? 단순히 성매매 사이트 아닌가요?"

"사이트 메인에는 성인의 얼굴을 올려놓지만 연락받고 나오는 건 고등학생, 심하게는 중학생 애들이에요."

"……."

"놀라운 것은 남학생들도 있다는 겁니다."

"……!"

남학생이 있다는 말에 윤수련과 연석, 두 사람 모두 놀랐다.

희우가 이 사이트가 만들어진 배경에 대해 이야기하기 시작했다.

"역원조 교제라고 하죠? 요즘 케이블이나 드라마에 연상 연하 커플이 많이 나오면서 나타난 범죄예요."

케이블 텔레비전에서 연하남을 애완동물로 키우는 등의 자극적인 내용의 방송이 주를 이루고 있었다.

그 이전에는 나이 차이가 많이 나는 여성과 남성의 원조 교제를 모티브로 한 영화도 있었다.

그걸 모방해서 만들어진 사이트였다.

중년 여성들이 남학생을 만나 지갑을 여는 것.

물론 중년 여성만 있는 게 아니라 중년의 남성들이 미성년의 여학생을 돈 주고 사기도 했다.

희우가 말을 이었다.

"남학생들은 하룻밤에 10만 원의 화대를 받고 있습니다. 그리고 여학생들은 15만 원 정도를 받지요."

윤수련이 기가 찬다는 듯 고개를 저었다.

"더럽군요."

"검사는 이런 더러운 걸 정면으로 바라봐야 하는 직업입니다."

희우가 서류를 들춰 보며 말을 이었다.

"여기 보면 데이트라고 적혀 있지요? 일본에서 들여온 문화입니다. 표면상으로는 만나서 밥을 먹고 하는 건데 그 안을 들여다보면 매춘이죠."

연석은 눈만 껌뻑이고 있었다. 그는 일단 희우가 나오라고 해서 오기는 했지만 자신이 정확히 무슨 일을 해야 할지 모르고 나왔다. 그런데 원조 교제 어쩌고 이야기를 하니 당황스러울 수밖에 없었다.

희우가 연석을 보며 슬쩍 웃었다.

"넌 검사님 가드하고 필요에 따라 매수자 역할을 하면 끝이야."

"네? 매수자요?"

"응, 내 얼굴은 알려졌으니까 어렵잖아. 네가 전화해서 만나는 척해야 하지 않겠어?"

연석은 어색하게 웃었다.

"하하."

희우가 가방에서 단추 모양의 카메라를 꺼내 연석에게 건넸다.

"이건 단추 위에 차고 있어."

성범죄의 현장에서 무슨 일이 벌어질지 몰랐기에 예방 차원에서 연석의 옷에 작은 몰래카메라를 달아 뒀다.

연석이 카메라를 옷에 달며 희우에게 물었다.

"이런 건 어디서 구해요?"

"인터넷에서 팔아."

"하하."

희우는 연석에게서 시선을 거두고 손목을 들어 시계를 바라봤다.

"이제 슬슬 움직여야지?"

희우는 자리에서 일어서며 모자를 눌러썼다.

아무래도 맨 얼굴로 다니면 알아보는 사람이 많아 움직이기에 불편했다.

그런 희우를 보며 윤수련이 피식 웃었다.

"유명인도 피곤하군요?"

"되고 싶어서 유명해진 건 아니니까요. 주목받는 걸 좋아

하는 성격이 아니라서요."

잠시 후, 모텔이 즐비하게 늘어선 거리. 그곳에 있는 커피숍 옆에 연석이 섰다.

난처한 표정의 연석. 그는 지금 원조 교제를 하는 청소년을 기다리고 있었다.

그리고 잠시 후, 연석의 앞으로 한 여학생이 가방을 메고 앞으로 다가왔다.

까만 단발머리를 잘 정돈한 아이, 화장했기에 얼핏 봐서는 청소년인지 대학생인지 알아보기 힘들었다.

여학생을 바라보며 연석은 침을 꿀꺽 삼켰다.

그의 긴장된 표정에 여학생이 싱긋 웃었다.

"대학생이에요?"

"어? 어."

자연스러운 여학생에 비해 연석은 긴장된 표정을 감추지 못했다. 그리고 그가 더듬거리며 말을 이었다.

"일단…… 커피나 한잔할래?"

"네, 좋아요."

연석은 여학생과 함께 커피숍 안으로 들어왔다.

희우와 윤수련이 말을 들을 수 있도록 바로 옆 테이블에 앉은 두 사람.

연석은 긴장되었는지 커피를 마시며 입을 열었다.

"그…… 그런데 이런 일은 왜 하는 거야?"

"왜긴요? 돈 필요하니까 하지, 잔소리할 거면 그냥 가요."

"응? 어, 하하. 아, 미안. 잔소리하려던 건 아니고."

연석은 난처한 표정으로 희우를 바라봤다. 어떻게든 빨리 이 상황을 끝내 달라는 눈빛이었다.

하지만 희우는 그의 간절한 눈빛을 피해 버렸다.

그런 희우를 바라보던 윤수련이 작은 목소리로 물었다.

"계속 둬도 괜찮아요? 어차피 잡았으면 이야기해 봐야 하지 않을까요?"

"아, 어차피 도망가지는 못할 테니까, 조금만 놔두죠. 연석이가 난처해하는 것도 재밌고요."

"네? 난처해하는 게 재미있다고요?"

희우가 빙긋이 웃으며 고개를 끄덕였다.

"네, 재밌잖아요. 저 친구가 주먹만 잘 쓰지, 다른 건 어설프거든요. 그래서 더 웃기네요."

희우는 그렇게 말하면서도 눈빛으로 창가를 넘어 도로를 바라보고 있었다.

그의 눈에 한 남학생이 보이고 있었다.

커피숍 안을 바라보고 있는 남학생.

남학생은 앞에서 얼쩡거리다가 어디론가 전화를 걸었다.

그가 전화를 거는 걸 본 희우는 연석에게 문자를 보냈다.

─나갔다 올 테니까 여기서 대기하고 있어.

우우우웅.

핸드폰이 울리자 그 문자를 본 연석의 표정은 사색이 되어 버렸다. 가뜩이나 불편한 자리인데 희우가 연석만 놔두고 나간다고 하니 힘들 수밖에 없었다.

하지만 희우는 그런 연석을 내버려 두고 윤수련과 함께 자리에서 일어섰다.

나가는 두 사람을 보며 연석이 앞에 앉은 여학생에게 입을 열었다.

"케이크 먹을래? 여기 케이크 맛있대. 하하."

그로서는 어떻게든 시간을 때워야 했다.

다행히 여학생은 고개를 끄덕였다.

커피숍 밖으로 나간 희우가 윤수련을 보며 말했다.

"천천히 따라오세요."

"네?"

하지만 대화는 더 이어지지 못했다.

희우는 이미 달리고 있었다.

그가 달리는 곳에는 아까 전부터 지켜보던 남학생이 목표였다.

느닷없이 달려오는 희우를 본 남학생의 눈이 커졌다.

하지만 그는 도망치지 못했다.

이미 희우가 그의 앞을 가로막았기 때문이다.

희우가 말했다.

"어딜 가지?"

"비켜!"

남학생이 희우를 밀치고 도망가려고 했다.

하지만 무리였다.

희우의 손이 재빨리 남학생의 손을 잡아 그의 등 뒤로 꺾어 올렸다.

우드드득!

"끄아아아아아!"

남학생의 고통 어린 소리가 흘렀다.

희우가 그를 보며 무심한 눈빛으로 입을 열었다.

"움직이면 뼈 부러져. 그냥 가만히 있어."

"……놔……. 놔!"

희우가 피식 웃으며 고개를 저었다. 놓으라고 놓으면 그게 이상한 일이니까.

희우가 윤수련을 보며 말했다.

"뭐하세요? 체포하세요."

"네?"

"이놈은 여기 있다가 연석이가 잠복한 형사인지 알아보는 놈이에요. 만약 연석이가 경찰이라면 바로 자기들 윗선으로 연락해서 꼬리를 자르는 거죠."

윤수련이 놀란 눈을 깜빡거렸다.

"어린 학생들이 이런 짓까지 한다고요?"

"더 심한 짓도 많이 합니다."

희우의 말을 듣던 남학생은 인상을 구겼다. 이야기를 듣고 보니 다 알고 온 것 같았다.

"젠장."

남학생은 포기한 듯 고개를 숙였다.

윤수련은 가방에서 수갑을 꺼내 남학생의 앞으로 다가왔다.

남학생의 손목에서 수갑이 채워지는 차가운 금속의 소리가 들릴 때, 윤수련이 말했다.

"묵비권을 행사할 수 있고 변호사를 부를 수 있고, 그런 거 알지? 이야기해 줬다?"

수갑이 채워졌지만 희우는 남학생의 팔을 풀어 주지 않았다. 그저 무심한 표정으로 핸드폰을 꺼내 연석이에게 전화를 걸 뿐이었다.

"이제 나와. 그 여자애도 잡아 오고."

전화를 끊은 희우는 말없이 남학생의 주머니에 손을 가져갔다. 그리고 남학생의 핸드폰을 꺼내 들었다.

"연락하는 게 누구냐?"

"몰라요."

"제발 묵비권 이런 거 하지 마. 다 알고 왔으니까. 왜? 보복당할까 봐 무서워?"

"……."

"네가 무서워해야 하는 건 보복이 아니라, 앞으로의 인생이야."

희우가 남학생과 이야기하고 있을 때, 커피숍 안에 있던 연석이 앞에 앉아 있는 여학생에게 말했다.

"앞으로는 이런 일 하지 마라."

"네?"

무슨 소리를 하는지 모른다는 표정으로 눈을 깜빡이는 여학생. 하지만 그녀의 얼굴은 금방 사색이 되어 버렸다. 연석의 손이 그녀의 팔을 우악스럽게 잡았기 때문이다.

여학생의 눈이 떨려 왔다.

"아저씨, 누구예요? 형사야?"

"대학생이라니까."

"대학생이 왜 이래!"

그녀가 비명 같은 소리를 질렀지만 커피숍 안에서 도와주는 사람은 아무도 없었다. 수군거리는 소리만 들릴 뿐이었다.

연석은 더 이상 아무 말도 하지 않고 그녀를 끌고 커피숍을 벗어났다.

잠시 후, 앞으로 다가온 연석을 본 희우가 윤수련에게 말했다.

"저 여자애에게도 수갑을 채우세요."

윤수련은 희우의 말을 듣고 여학생의 손목에 수갑을 채웠다.

남학생은 여학생이 잡혀 와 수갑이 채워지는 모습을 보자 더욱 참담한 표정을 지었다.

여학생이 없었다면 끝까지 모른다고 잡아뗄 수도 있었다. 하지만 이제 여학생도 잡혀 왔다. 그녀가 입을 여는 순간 모든 것이 엉망이 될 수도 있다.

희우가 남학생에게 입을 열었다.

"운이 좋으면 증거 불충분으로 나올 수도 있겠지. 하지만 정말 운이 좋을 때나 가능한 이야기야. 넌 현행범이라 어려울 거야. 미성년자라 괜찮아요, 이런 소리는 집어치워야 하는 거 알지?"

"……."

남학생의 깊은 한숨을 들으며 희우가 말을 이었다.

"네가 살 수 있는 방법이 있어."

"……."

살 수 있다는 말에 남학생의 눈빛이 순간적으로 반짝였다.

희우는 그 눈빛을 놓치지 않고 말을 이었다.

"당연히 부모님도 모르고 지나가시겠지. 어때? 들어 볼래?"

남학생의 적개심으로 가득했던 눈에는 이제 '혹시나 쉽게 넘어갈 수 있나?' 하는 기대감이 보이고 있었다.

심리가 흔들리고 있는 것. 희우는 상대의 흔들리는 심리를 향해 창을 찔러 넣었다.

"우리를 도와주면 너를 놔주지."

"……!"

"영화 같은 거 많이 봤지? 우리가 노리는 건 너 같은 피라

미가 아니야."

"……!"

남학생의 눈동자가 심하게 흔들리기 시작했다.

그 눈빛을 보며 희우가 말을 이었다.

"의리가 있네. 이런 말 하지 마라. 보복이 무서워요, 이런 말도 하지 말고. 네가 할 말이 뭔지는 잘 알고 있지?"

드디어 무겁게 닫혀 있던 남학생의 입이 열렸다.

"진짜 보내 주는 건가요?"

"응, 대신 바로 보내 줄 수는 없어. 네가 중간에 연락을 하거나 하면 일이 어긋나잖아? 하지만 놈들을 잡으면 보내 주지. 약속할게."

"……."

"그 반대로 네가 아무 말도 하지 않으면 어떻게 될지 잘 알고 있겠지? 너 혼자 다 뒤집어쓰는 거야. 신문에도 뉴스에도 대대적으로 네 이름이 올라갈 거다. 유명 인사 되겠네."

남학생은 작게 한숨을 내쉬었다. 그리고 천천히 입을 열었다.

"010-○○○○-○○○○요. 제가 알고 있는 것은 이게 전부예요. 전 전화받고 확인하는 게 끝이니까요."

"만난 적은?"

"없어요."

희우가 여학생을 바라보며 말했다.

"너도 말해 봐."

"전 아무것도 몰라요. 사이트에 가입해서 연락받을 뿐이 니까요."

"그게 다야?"

"네, 전 이게 다예요."

희우가 고개를 끄덕였다. 그리고 윤수련에게 말했다.

"경찰에 연락해서 이 아이들 좀 잡아 두라고 이야기해 주 세요. 그리고 위치 추적과 영장 신청해 주세요. 그건 검사가 할 수 있는 일이지, 변호사가 할 수 있는 일은 아니잖아요."

희우는 남학생이 말한 전화번호를 윤수련에게 건넸다.

잠시 후, 아이들은 경찰차에 타고 떠났고 윤수련은 위치 추적의 결과를 듣고 있었다.

전화를 끊은 그녀가 희우에게 말했다.

"근처 주택가네요."

잠시 후, 희우와 연석 그리고 윤수련은 주택가에 도착했다.

4층의 낡은 주택이었다.

희우가 건물을 올려다보며 알 수 없는 표정을 지어 보였다.

그가 이전의 삶에서 이들을 잡았을 때, 그들은 이곳이 아 닌 다른 지역에 있었다.

이전의 삶과 지금의 삶, 뭔가 미묘하게 달라지는 중이었다.

희우는 고개를 저었다.

새로운 인생을 살며 바뀐 부분은 한두 가지가 아니었다.

그리고 복잡한 생각은 지금 이어 갈 필요가 없었다.

희우가 연석에게 말했다.

"카메라 잘 달고 있지?"

연석은 카메라가 달린 자신의 옷깃을 만져 보며 고개를 끄덕였다.

"네, 튼튼하게 달려 있네요."

희우가 다시 말했다.

"지금부터 네가 할 일은 윤수련 검사님을 가드하는 거다. 위험할 것 같으면 허세 부리지 말고 도망가도록 해."

"변호사님은요?"

희우가 어깨를 으쓱해 보였다.

"나야 내 몸은 지킬 수 있으니까."

연석이 인정한다는 듯 고개를 끄덕였다.

"하하, 하긴 변호사님을 누가 이기겠어요."

두 사람의 말을 들으며 윤수련 검사가 살짝 고개를 갸웃거렸다. 연석이 주먹을 잘 쓴다는 말은 들었지만 희우가 싸움을 한다는 말은 들어 본 적이 없으니까.

희우가 윤수련을 보며 입을 열었다.

"가죠."

희우는 그 말을 끝으로 앞장서서 건물 안으로 향했다.

윤수련이 희우의 뒤를 따르며 물었다.

"지원 요청할까요?"

희우는 고개를 저었다.

"아뇨."

예전의 기억을 떠올려 보면 놈들은 열 명이었다.

하지만 경찰에 연락할 수는 없었다.

사람이 많아지면 놈들은 눈치채고 가지고 있던 자료를 없애 버릴 게 분명하니까.

조용히 들어가 처리한다.

그게 희우의 생각이었다.

널찍한 공간이라면 두 명이 열 명을 상대하는 것은 말이 되지 않았다.

하지만 좁은 주택 건물이기에 싸움이 일어난다고 해도 놈들이 한꺼번에 덤빌 수는 없다.

게다가 연석이까지 옆에 있으니 열 명은 충분히 상대할 수 있다는 자신이 있었다.

희우는 안으로 들어가며 건물 내부를 둘러봤다.

엘리베이터는 없었다.

통과할 수 있는 계단은 하나.

희우는 일단 우편함으로 이동해서 우편을 뜯어 봤다. 안에 있을 사람의 이름을 확인하는 것이었다.

한 집, 두 집. 확인하다가 한 우편에서 멈췄다.

박치환.

놈의 이름이었다.

희우가 이전의 삶에서 잡아넣었던 이곳 우두머리의 이름.

"여기에 있었구나."

희우의 입가에 스산한 미소가 걸렸다.

낡은 계단을 올라가는 소리가 뚜벅뚜벅 들려왔다.

희우는 놈이 있는 2층으로 걸어 올라가고 있었다.

2층에 도착한 희우는 현관문에 귀를 대고 남학생이 가르쳐 준 번호를 눌렀다.

잠시의 통화음이 지나고 상대가 전화를 받았다.

–여보세요?

"죄송합니다. 전화 잘못 걸었습니다."

희우는 뚝, 전화를 끊었다.

그의 입가에 미소가 걸렸다.

분명 현관문 너머에서 벨 소리와 상대의 목소리가 들렸다.

이 안에 박치환이 있다는 것이었다.

희우가 손을 흔들어 연석과 윤수련에게 복도의 벽에 몸을 대라고 지시했다.

윤수련과 연석이 몸을 기대선 벽은 현관문의 외시경으로 봤을 때 보이지 않는 위치였다.

두 사람이 벽에 몸을 기대자 희우는 조심스럽게 벨을 눌렀다.

딩동.

안에서 남자의 목소리가 들려왔다.

"누구세요?"

희우가 답했다.

"박치환 씨죠? 택배 왔습니다."

딸칵.

문이 열렸다.

동시에 희우가 문고리를 잡고 거세게 당겼다.

"뭐야?"

안에 있던 박치환이 당황했지만 희우는 멈추지 않았다.

그는 바로 문 앞에 있는 박치환의 팔을 잡아당기며 꺾어 버렸다.

"악!"

박치환의 비명 소리가 들릴 때, 희우는 눈으로 재빨리 집 안을 확인했다. 안에 있을 상대의 숫자를 파악하기 위함이었다.

하지만 아무도 없었다.

분명 이전의 삶에서는 십여 명이 모여 있었는데 지금은 박치환 혼자였다.

희우가 연석에게 이놈을 잡고 있으라는 눈빛을 보냈다.

연석이 앞으로 다가와 박치환을 잡자 희우는 집 안으로 들어갔다.

뒤에서는 박치환의 비명과 같은 소리가 들려왔다.

"너희 누구야!"

하지만 희우는 아랑곳하지 않고 집 안을 훑어봤다.

15평 정도의 크지 않은 주택. 방이 하나가 있고 거실과 화장실이 있는 평범한 주택이었다.

희우는 우선 방으로 들어갔다.

"컴퓨터가 한 대?"

방에는 컴퓨터 하나와 담배가 가득 쌓인 재떨이만 있을 뿐, 그 외에는 아무것도 보이지 않았다.

희우는 방에서 나와 화장실로 향했다. 그곳에서 가장 먼저 확인한 것은 칫솔이었다.

"칫솔도 하나?"

혼자 살고 있다는 뜻이었다.

희우의 눈이 다시 현관에 있는 박치환을 향했다.

"너 혼자냐?"

"너희 누구냐고!"

희우가 윤수련을 슬쩍 바라봤다. 그러자 그녀가 입을 열었다.

"중앙 지검 윤수련 검사입니다. 당신을 성매매 알선에 대한 혐의로 체포합니다."

"검사?"

"묵비권을 행사할 수 있는 권리가 있으며……."

윤수련이 미란다원칙을 이야기하고 있을 때, 박치환이 고개를 들었다. 그리고 슬쩍 웃었다.

여유 있는 미소. 무엇인가 자신이 있다는 눈빛이 보였다.

Chapter 2

　잠시 후, 박치환은 검찰의 취조실에 앉아 있었다.

　취조실에 들어가 있는 사람은 윤수련. 희우와 연석은 반대
편 참관실에 서서 안을 지켜보고 있었다.

　윤수련이 물었다.

　"꽤 좋은 대학의 경영학과를 다니네?"

　"네."

　박치환은 간단하게 답했다.

　윤수련이 다시 물었다.

　"언제부터 이런 일을 한 거지?"

　박치환이 피식 웃었다. 여전히 여유 있는 태도였다.

　그가 말했다.

"변호인이 오기 전까지 저는 말하고 싶지 않습니다. 그리고 아무리 검사님이라 해도 존대해 주시죠? 왜 반말하세요?"

윤수련의 미간이 찌푸려졌다. 짜증이 나는 것이었다.

그녀가 입을 열었다.

"변호인도 있으시다?"

"에스 로펌에 연락해 주십시오."

에스 로펌이라는 말을 듣는 순간 참관실에 있던 희우의 눈이 찌푸려졌다.

그곳은 박승환 검사의 아버지가 대표로 있는 로펌이었다.

'악인도 변호받을 권리가 있다.'라는 슬로건 아래에 기업가 또는 거대 자산가의 변호를 주로 맡고 있으며 천 명에 가까운 변호인단을 가지고 있다.

그들은 명실상부한 대한민국 최고의 로펌이었다.

희우가 나직이 입을 열었다.

"에스 로펌과 계약도 하고, 돈 많이 벌었나 보네."

희우는 천천히 전화를 들어 상만에게 걸었다.

-네, 사장님.

"조금 어려운 일인데 부탁 좀 하자."

-언제는 쉬운 일 시켰나요?

희우는 상만의 볼멘소리를 뒤로하고 말을 이었다.

"지금부터 말하는 전화번호 적어 봐."

희우는 전화번호 스무 개 정도를 불러 내려갔다. 그 번호는 박치환의 핸드폰을 조회한 결과 가장 많이 통화한 사람이었다.

전화번호를 말한 희우가 말을 이었다.

"다음은 이름이야. 김진아, 오성대."

희우가 나열하는 것은 박치환이 함께 일했던 열 명의 이름이었다.

집을 덮쳤지만 박치환이 홀로 있었다는 것. 그것은 두 가지로 생각할 수 있다.

한 가지는 박치환이 혼자 이득을 챙기기 위해 홀로 일하고 있다는 것.

다음은 위험부담을 최소화하기 위해 각자 다른 지역에서 있다는 것이었다.

희우는 박치환의 여유로운 태도를 보며 후자에 무게를 실고 있었다.

아무리 대한민국 최고의 변호사 집단인 에스 로펌이 뒤에 있다고 해도 저런 태도를 보인다는 것은 밖에 있는 놈들이 증거를 조작할 수 있다는 믿음이 있기 때문이다.

희우가 전화기에 대고 계속 말했다.

"찾을 수 있겠어?"

—헐, 전화번호가 이 사람들 것인지 확실하지도 않은 거죠? 이름하고 나이만 가지고 찾으라는 것은 백사장에서 바늘 찾기랑 똑같은 거 아닌가요?

"어려운 일이라고 했잖아. 최대한 노력해 봐. 그리고 내 뒤에도 두 명을 붙여 두도록 해."

—사장님 뒤에요? 왜요?

"쓸 일이 있을 거야."

희우는 전화를 끊으며 낮은 한숨을 내쉬었다.

상만이 거래하고 있는 흥신소. 그들의 정보력은 만만치 않았지만 적은 정보로 사람을 찾아내기는 쉬운 일이 아닐 것이다.

희우는 자신의 앞에 있는 박치환의 물건들을 확인하기 시작했다.

취조실에 들어가기 전 압수한 휴대폰과 일련의 물건들이었다.

희우는 박치환의 휴대폰을 들어 이것저것 만져 봤다.

놈은 카드 같은 것을 넣을 수 있는 두꺼운 가죽 케이스 안에 휴대폰을 보관하고 있었다.

그리고 흔히 '일수 가방'이라 불리는 작은 남성용 백.

가방 안에는 지갑과 볼펜 등 쓸데없는 물건으로 가득해서 복잡하기만 했다.

희우는 지퍼를 열어 안을 들여다보다가 자신의 주머니에서 오백 원짜리 동전만 한 무엇인가를 꺼내 들었다.

물끄러미 희우의 모습을 보던 연석이 물었다.

"그게 뭐예요?"

"쉽게 말하면 도청기."

"네? 그거 불법 아니에요?"

"불법이지. 그런데 혹시 모르잖아. 에스 로펌이 같이 있으면 놈이 빠져나갈 구멍은 얼마든지 있거든."

희우가 도청기를 꺼내 박치환이 가진 가방의 구석에 넣어 둘 때, 문이 열리고 정필승 지검장이 참관실 안으로 들어왔다.

윤수련 검사가 희우와 함께 사건 하나를 가지고 왔다는 소식을 듣고 바로 온 것이었다.

얼마 전, 한 달에 하나씩, 큰 사건을 만들어 주겠다는 약속을 그는 기억하고 있었다.

참관실 안으로 들어온 정필승 지검장이 물었다.

"국내 최대 원조 교제 알선 조직이라고?"

희우가 고개를 끄덕였다.

"네, 지금 잡아 온 놈이 그 조직을 운영하고 있는 대장입니다. 남녀 고등학생만 이백여 명을 데리고 있다고 추정됩니다. 그리고 이 사이트를 전국적으로 확대하려고 준비 중이었습니다."

이백 명의 고등학생을 돈을 벌게 해 주겠다는 달콤한 유혹과 함께 원조 교제라는 범죄의 현장으로 내몰고 있는 놈.

정필승 지검장의 머릿속에서 계산기가 두들겨지고 있었다.

'저 정도면 괜찮은 건수구나.'

이제 정필승 지검장은 저놈을 어떻게 하면 언론에 부각시켜 중앙 지검을 띄울 수 있을지 고민하고 있었다. 그리고 그가 말했다.

"저놈이 대장이라고?"

"네."

"사건 끝났네."

희우가 고개를 저었다.

"아뇨, 이제 시작이죠. 저놈의 변호를 맡고 있는 곳이 에스 로펌이라고 합니다."

"……!"

에스 로펌이라는 말에 정필승 지검장의 눈이 찌푸려졌다. 그 역시 모를 리가 없었다.

에스 로펌은 판사 출신, 검사 출신을 우선으로 받고 학연, 지연, 혈연으로 법조계의 위치를 공고히 하고 있는 대형 로펌이니까.

그러다 보니 한편으로는 검찰의 적이라고 해도 무방할 만큼 무서운 힘을 가지고 있었다.

잠시 유리벽을 통해 취조실을 바라보던 정필승 지검장이 입을 열었다.

"윤수련 변호사가 헤매는 것 같군, 김희우 변호사, 자네가 해 보겠나?"

"네? 제가요? 전 검사가 아니라 변호사인데요?"

"법을 피해 가는 것은 간단하지."

정필승 지검장이 눈빛을 보내자 직원이 밖으로 나가 취조실에 있는 윤수련 검사를 데리고 나왔다.

정필승 지검장이 윤수련에게 블루투스 이어폰을 내보이며 입을 열었다.

"이어폰을 귀에 꽂고 김희우 변호사가 말하는 대로 말해 봐."

"네? 이어폰을 귀에 꽂으라고요?"

윤수련 검사 역시 당황했다.

정필승 지검장이 말했다.

"상대가 에스 로펌이라며, 놈들이 오기 전에 뭐라도 하나 알아 두는 게 우리에게 이득이야."

윤수련 검사의 시선이 정필승 지검장의 손에 들린 블루투스 이어폰으로 향했다.

그녀가 머뭇거리자 정필승 지검장이 다그치듯 입을 열었다.

"자네보다 김희우 변호사가 하는 게 훨씬 효율적이야."

윤수련 검사의 미간이 찌푸려졌다. 그녀 역시 검사. 게다가 이번 사건의 책임을 지고 있다. 그런데 정필승 지검장이 하고 있는 말을 듣고 있으니 흡사 들러리가 된 느낌을 지울 수 없었다.

그녀의 표정을 본 희우가 말했다.

"저놈들에 대한 것은 제가 윤수련 검사님보다 조금 더 알고 있습니다. 사건의 해결 방법도 조금은 알고 있으니 기분 나빠 하지 마시고 이번만 부탁드리겠습니다."

희우는 최대한 윤수련 검사의 자존심을 세워 주며 부탁했다. 그러자 그녀는 어쩔 수 없다는 듯 정필승 지검장의 손에 있는 블루투스 이어폰을 건네받았다. 그리고 긴 머리를 넘겨 이어폰을 착용했다.

정필승 지검장이 마음에 든다는 듯 고개를 끄덕였다.

"좋아. 안 보이네. 아주 좋아."

윤수련 검사는 정필승 지검장의 말은 듣지도 않고 있었다. 그녀가 희우를 보며 입을 열었다.

"해결 방법을 알고 계시다고요?"

"조금요."

"그럼 말씀하시는 대로 하도록 하죠."

그녀의 말은 정필승 지검장의 지시를 따르는 게 아니라 김희우의 말을 따른다는 표현으로, 일종의 소심한 반항이었다.

윤수련이 취조실로 들어가자 희우는 핸드폰을 들어 입을 열었다.

"잘 들립니까? 잘 들리면 물컵을 들어 마셔 주세요."

윤수련 검사는 물컵을 들어 마셨다. 그러자 희우가 말을 이었다.

"말을 하든 말든 네 자유지만 묵비권은 네가 죄를 인정한다는 이야기가 될 수도 있어."

말을 들은 박치환이 고개를 끄덕였다. 하지만 그런 것은 상관하지 않는 듯 입을 열지는 않았다.

희우가 다시 말했다.

"청소년들을 대상으로 성매매시킨 것을 인정하나?"

박치환은 가만히 윤수련을 바라봤다. 대답하지 않으면 인정한다는 의미로 비칠 수도 있었다.

"인정하지 않습니다."

"우리는 성매매를 한 여고생과 연락을 맡고 있는 남학생을 데리고 있어. 녀석들이 가지고 있던 게 너의 전화번호야. 모두 네가 지시를 내렸다고 이야기하고 있고."

연락책까지 잡았다는 말에 박치환은 침을 꿀꺽 삼켰다. 하지만 그는 침착하게 입을 열었다.

"전 성매매가 아니라 건전한 데이트 사이트를 운영하고 있습니다. 성매매를 시킨 적도 없고 그런 걸로 돈을 번 적도 없습니다. 지금 자꾸 생사람 잡아넣는 거예요."

윤수련이 한숨을 내쉬었다. 그리고 희우가 한 말을 그대로 따라 말했다.

"데이트 사이트라고? 그럼 네가 있던 사무실 아이피를 따서 가지고 온 이 사이트는 어떻게 설명할 건데?"

앞에 펼쳐진 종이에는 사이트의 메인 홈페이지가 인쇄되어 있었다.

박치환이 어이없다는 듯 고개를 저었다.

"보세요. 여기 다 데이트라고 적혀 있잖아요. 도대체 어디에 성매매 알선이 있는 거죠? 그리고 미성년자요? 여기 있는 사이트 사진을 보면 미성년자로 보이는 사람이 한 명이라도 있나요?"

"……."

"그 학생이 언니나 주변 사람의 명의를 도용했나 보죠. 저는 그런 거 안 합니다. 제 사무실에서 가지고 온 서류 있죠? 확인해 보세요. 회원 가입을 할 때, 철저히 성인만 인증해서 받고 있습니다."

윤수련이 다른 종이를 밀어 박치환의 앞에 두었다.

"통장에 들어온 20만 원은? 가격이 다 다르지 않아?"

"시간에 따라 다르죠. 한 시간 데이트면 얼마, 두 시간 데이트면 얼마, 이런 식으로 있거든요. 그리고 성매매를 하면 제 통장에 돈을 꽂겠어요? 지들끼리 현금으로 주고받겠지."

"남학생은 데이트 장소로 나온 사람이 형사인지 아닌지 확인하는 역할이라고 했는데?"

박치환이 어이없다는 얼굴로 고개를 저었다.

"합법적인 데이트 알선 회사가 형사를 왜 걱정합니까? 여성분이 가입하면 안전 보장이라는 말을 합니다. 왜냐하면 데이트하러 나갔는데 이상한 남자한테 걸리면 안 되니까요. 그러면 위험할 수도 있잖아요?"

박치환의 말은 청산유수처럼 흘러나왔다. 그가 계속 말을 이었다.

"우리는 데이트 장소로 사람을 보내 그 남자가 위험한 사람인지 아닌지 확인하는 과정까지 확인해 줍니다. 그런데 확인하는 사람이 남학생인 줄은 몰랐네요. 그 학생도 신분증을 위조했나 봅니다."

"……."

"제가 잘못한 일은 성매매가 아니라 신분 확인을 제대로 하지 않은 겁니다. 그런데 면접을 보지 않았을 뿐 신분증도 팩스로 받고 있고 여러 인증도 하고 있는데, 죄가 되나요?"

말을 마친 박치환은 마른침을 꿀꺽 삼켰다. 그리고 생각했다.

'이렇게 잡힐 거라는 것은 한 번쯤 생각했었잖아? 최대한 일관적으로 이야기하면 상관없어. 몸 판 애들이 불어도 나는 몰랐다고 잡아뗄 수 있으니까. 난 어디까지나 합법적으로 장사하고 있다고.'

낮은 한숨을 내쉰 박치환이 다시 입을 열었다.

"검사님, 말하시는 걸 들어 보니 계속 다그치듯 몰아가시네요. 이러면 정말 더 이상 말하지 않겠습니다. 변호인을 불러 주세요."

참관실에서 취조실을 지켜보던 정필승이 입을 열었다.

"어렵겠는데?"

희우가 고개를 끄덕였다.

"쉽지는 않겠죠. 하지만 방법은 있습니다."

정필승이 희우를 바라볼 때, 희우가 핸드폰을 들어 입을 열었다.

"김진아."

김진아라는 이름을 들은 윤수련 검사의 시선이 참관실을 향했다. 도대체 희우가 무슨 말을 하려고 하는 건지 그녀는 잘 이해하지 못했다.

　　그녀의 깜빡이는 눈을 본 희우가 다시 입을 열었다.

　　"김진아라는 이름을 앞에서 이야기해 보세요."

　　윤수련 검사는 낮게 한숨을 내쉰 후 김진아라는 이름을 따라 말했다.

　　"김진아."

　　"……!"

　　지금까지 여유롭던 박치환의 눈동자가 사정없이 흔들렸다.

　　희우가 입을 열었다.

　　"반응이 있나요? 있으면 다시 물을 마셔 주세요."

　　참관실에서는 박치환의 세세한 움직임까지 보기가 어려웠기에 묻는 말이었다.

　　윤수련은 컵을 들어 물을 마셨다. 그리고 희우의 말을 듣고 따라 입을 열었다.

　　"김진아는 뭐라고 말할 것 같아?"

　　박치환은 아무 말도 하지 않았다. 그저 입을 꽉 닫고 눈을 감고 있었다. 변호사가 올 때까지 어떤 말도 하지 않는다고 했던 걸 지키려는 것 같았다.

　　희우가 윤수련에게 말했다.

　　"참관실로 와 주세요."

윤수련 검사가 자리에서 일어서서 취조실을 벗어나 참관
실로 들어왔다.

안으로 들어온 그녀가 희우에게 물었다.

"김진아가 누구죠?"

"미성년자가 가입할 수 있도록 도와주는 사람요."

윤수련 검사는 가만히 희우를 바라봤다.

도대체 어디까지 어떻게 알고 있는지 묻는 눈빛이었다.

희우가 어깨를 으쓱하며 말했다.

"미리 조사했습니다. 하지만 저도 알고 있는 게 단편적이
에요. 어쨌든 김진아를 잡아 오면 박치환이 지금까지 한 말
이 모두 변명이었다는 게 드러나는 겁니다."

윤수련이 고개를 끄덕였다.

"김진아는 어디에 있죠?"

"글쎄요."

두 사람의 대화를 듣던 정필승 지검장이 윤수련에게 짜증
내듯 말했다.

"빨리 잡아 오도록 해."

정필승 지검장은 조금이라도 빨리 이 사건을 종결해서 사
회에 알리고 싶은 마음이 굴뚝같았다.

국민들에게 유능한 지검장이라는 칭송받고 싶은데 뭉그적
거리고 있으니 짜증이 날 수밖에 없었다.

윤수련이 희우를 바라봤다. 희우가 고개를 끄덕였다.

"자세히는 모르지만 한번 찾아보도록 하죠. 짚이는 곳이 있습니다."

정필승 지검장이 희우에게 말했다.

"얼마나 걸릴 것 같나?"

"늦어도 사흘? 이틀 정도는 걸릴 것 같습니다. 그동안 증거 불충분으로 저놈이 빠져나가지 못하도록 단단히 잡아 주십시오. 놈이 나가서 증거를 없애면 사건을 해결하기가 어려워지니까요."

정필승 지검장의 시선이 취조실로 향했다.

"놈의 변호를 맡고 있는 곳이 에스 로펌이야. 에스 로펌은 대법원이나 검찰에도 끈이 닿아 있어. 이틀이라는 시간은 너무 길어. 빨리 해결하도록 해."

희우가 피식 웃었다.

"대법원이든 검찰 수뇌부든 잡아 두는 것은 지검장님이 하실 수 있는 일 아닙니까? 그쪽에 미움 받기 싫어서 그러시는 건가요?"

정필승 지검장의 미간이 찌푸려졌다.

검찰 총장으로 올라가려는 목표를 가진 정필승은 다른 사람들과 척지고 싶은 마음이 전혀 없었다. 그런데 희우가 정곡을 찔렀으니 기분이 좋지는 않았다.

정필승 지검장이 짜증스러운 목소리로 입을 열었다.

"자네는 내게 사건을 가져다주기로 했고, 난 그 대가로 윤수련을 풀어 줬어. 내가 저놈을 잡고 있을 필요는 없지 않나?"

희우가 능글맞은 목소리로 입을 열었다.

"알겠습니다. 최대한 빨리 잡아 오도록 하죠."

취조실 밖으로 나가는 희우의 뒷모습을 보며 정필승 지검장이 주먹을 꽉 쥐었다.

"역시 마음에 들지 않아."

잠시 후, 희우는 연석 그리고 윤수련과 함께 엘리베이터에서 내렸다.

1층, 지검의 로비였다.

그들의 앞으로 에스 로펌의 변호사가 다가오고 있었다.

허구성 변호사, 40대 초반의 나이로 검사 출신의 변호사다. 궤변을 통해 법을 이리저리 꽈서 의뢰인의 형량을 낮추는 데 특기가 있었다. 마주친 적은 없었지만 희우는 그를 잘 알았다.

희우를 알아본 허구성 변호사가 슬쩍 웃으며 살짝 고개를 숙였다. 그리고 입을 열었다.

"우리 대표님께서 김희우 변호사님을 한번 뵙고 싶어 하더라고요."

에스 로펌의 대표는 박승환 검사의 아버지였다.

희우가 슬쩍 웃으며 말했다.

"좋네요. 저도 한 번은 뵙고 싶었습니다."

"그런데 검찰에 김희우 변호사님이 어쩐 일이십니까? 사건이 있어서 오셨나요?"

희우는 상대의 질문에 어깨를 으쓱해 보였다.

"글쎄요."

그리고 그 말을 끝으로 허구성 변호사를 지나 지검의 건물 밖으로 빠져나왔다.

그때까지 허구성 변호사는 희우를 물끄러미 보았다. 그러다가 잠시 후 핸드폰을 들어 올렸다.

"아무래도 이번 의뢰인에게 김희우 변호사가 관련되어 있는 것 같습니다. 자세한 일은 모르겠지만 조금 신경을 써야할 것 같습니다."

희우는 뒤를 돌아보지 않았지만 허구성 변호사의 따가운 눈빛은 느끼고 있었다.

윤수련 검사가 입을 열었다.

"처음 만나 봤지만 이야기는 들었습니다. 허구성 변호사는 유능한 사람이죠."

희우가 고개를 끄덕였다.

"그래서 마음에 안 듭니다. 유능한 사람이 범법자를 감싸고도니까요."

희우는 손목을 들어 시간을 확인했다.

오후 5시.

날이 어둑해지고 있을 무렵이었다.

하지만 에스 로펌이 들어온 이상 머뭇거리고 있을 시간은 없었다. 희우는 바로 여학생과 남학생이 잡혀 있는 경찰서로 향했다.

약간 시간이 흐른 뒤 희우와 윤수련 그리고 연석은 경찰서에 앉아 있었다.

경찰서의 취조실에서 그들의 앞에 앉은 사람은 여학생이었다.

희우가 입을 열었다.

"홈페이지에 가입하는 것에 대해 물어볼 게 있어서 왔어."

"전 언제 보내 주실 거죠?"

사건이 마무리되면 조용히 집으로 돌려보내 주겠다는 약속을 했다.

희우가 말했다.

"주동자는 잡았으니까 이제 가도 돼. 아, 전화기는 사건이 해결될 때까지만 우리가 가지고 있을 거야. 그 정도는 양보해 줄래?"

여학생이 고개를 끄덕였다.

핸드폰을 빼앗기는 것은 싫지만 이곳에 있는 것은 더 싫으니까.

"······네."

"하지만 그 전에 홈페이지를 어떻게 알고 가입했는지 이야기해 줄래?"

여학생은 잠시 생각에 빠졌다. 그리고 입을 열었다.

"지역 일간지 같은 거 있잖아요? 벼룩시장 같은 거. 그런데서 봤어요."

여기까지는 희우가 알고 있던 사실과 똑같았다. 하지만 김진아의 행방이 묘연했다.

희우가 다시 물었다.

"이 홈페이지의 운영자와 이야기하다 보니 나온 말이 있어. 너희가 신분증을 위조해서 보냈다고 하는데 맞아?"

"……네."

"위조는 어떻게 했지?"

"신문에 적혀 있는 전화번호로 연락하면 어떤 여자가 받아요. 그 사람이 신분증이나 이런 걸 만들어 줬어요."

그 여자가 김진아일 것이었다.

희우가 여학생에게 다시 물었다.

"그 사람과 직접 만나 봤어?"

"……아뇨. 연락은 전화로만 했고요. 신분증은 역에 있는 사물함을 통해서 받았어요."

"네가 신분증을 받은 시기가 얼마나 되지?"

"이 일을 한 게 3주쯤 되었으니까, 아직 한 달은 안 됐을 거예요."

"역은 어디야?"

역의 이름을 들은 희우는 바로 자리에서 일어섰다. 그리고 윤수련을 보며 말했다

"이 여자애랑 아까 그 남자애, 보내 주세요."

윤수련의 미간이 찌푸려졌다.

"이 아이들도 조사받아야 해요."

"조사는 충분하다고 보는데요. 그리고 약속했잖아요. 박치환을 여기까지 잡아 오는 데 일조하기도 했고요."

윤수련은 고개를 절레절레 저었다.

"전 수사하는 데 있어서 타협하지 않습니다."

"그럼 아까 안 된다고 말씀하셨어야죠. 이미 한 약속은 지켜야 한다고 봅니다."

"이 아이가 밖에 나가서 김진아와 연락하면요?"

희우가 여학생을 바라봤다.

여학생은 절대 연락하지 않겠다는 의지를 보여 주듯 빠르게 고개를 저었다.

희우가 말했다.

"안 할 거라는데요?"

윤수련이 한숨을 내쉬었다.

지금은 정필승 지검장이 빨리 김진아를 잡아 오라는 지시를 내린 상황. 게다가 에스 로펌의 변호사가 지검에 들어와 있다. 이런 시간에 어린 여학생과 남학생을 두고 희우와 말

싸움할 시간은 없었다.

그녀가 말했다.

"이번 한 번만입니다."

희우는 대답하지 않았다. 그리고 취조실을 나서려다가 연석에게 입을 열었다.

"너는 저 여자애와 남자애를 데려다주도록 해. 당분간은 밖에 나오지 말라고 하고."

아직 박치환 한 명을 잡았을 뿐이다.

당연히 검찰을 빠져나가다가 박치환의 일당에게 어떤 보복을 당할지 모르기에 연석에게 부탁한 것이다.

그리고 희우는 연석의 주머니에 무엇인가를 집어넣으며 작게 입을 열었다.

"상만이한테 이것도 전해 주고, 그리고 다시 나한테 오도록 해. 아, 올 때 상만이 차 뺏어서 타고 와라. 어디로 이동할지 모르니까."

연석은 작게 고개를 끄덕이며 주머니 속에 희우가 준 것을 만지작거렸다.

살짝 만져 봐도 뭔지 알 수 있었다.

박치환의 가방에 넣어 뒀던 도청기의 음성을 들을 수 있는 헤드셋이었다.

희우는 연석과 함께 떠나는 학생들을 바라보며 전화를 꺼내 들었다. 상만에게 걸려는 것이었다.

어게인
마이라이프
SEASON2

"내가 말했던 사람들을 추적하는 건 했어?"

─하고 있어요. 몇 명은 찾은 것 같아요.

생각보다 빠르게 일이 진행되고 있었다. 희우가 말을 이었다.

"좋아. 놈들 계속 확인하도록 해. 그리고 내 뒤에 두 명 붙여 두라고 했지?"

─네, 지금 경찰서에 계시다고 연락 왔었어요.

"연석이하고 나가는 남학생하고 여학생 있어. 감시하라고 이야기해 줘."

희우가 전화를 끊었다.

윤수련이 희우를 물끄러미 바라봤다.

"저 애들을 보내 준 이유가 감시하려고 하는 거예요?"

"그럼요? 설마 제가 진짜 그냥 보내 주는 줄 알았어요?"

윤수련이 고개를 끄덕이자 희우가 어이없다는 듯 웃었다.

"저 아이들이 놈들과 연락할지 하지 않을지는 모르죠. 하지만 미끼는 여러 곳에 두는 게 좋지 않을까요?"

윤수련이 한숨을 내쉬며 입을 열었다.

"법조인이 좋지 않은 행동을 하시는군요."

희우가 그녀를 가만히 바라봤다. 그리고 피식 웃으며 말했다.

"윤수련 검사님은 더러운 것을 잡으려고 하는 것 아닌가요? 오물을 잡으려면 손에 오물이 묻는 것은 당연한 겁니다. 옷이나 얼굴에 튀기도 할걸요?"

"……!"

"그리고 잘 생각하세요. 윤수련 검사님은 제왕 그룹과 싸우려고 하고 있어요. 오물이 아니라 피를 묻혀야 할 수도 있습니다. 어쩌면 피가 튀는 정도가 아니라 핏물에 빠질 수도 있겠네요."

"……."

"손에 더러운 것을 묻히고 싶지 않으면 지금이라도 빠지세요."

희우에게 무시당한다는 생각이 들자 윤수련의 눈동자에 힘이 들어갔다.

그녀가 말했다.

"그런 것은 저도 알고 있습니다. 잘난 척하지 마세요."

"알고 계시다니 잘됐네요. 그럼 가죠."

윤수련은 앞서가는 희우를 바라봤다.

희우는 누가 봐도 강한 사람, 당당한 사람, 자신이 하는 일에 망설임이 없는 사람이었다.

윤수련은 나직하게 한숨을 내쉬며 자신의 손을 들어 바라봤다.

하얗고 작은 손. 누가 봐도 나약해 보였다.

하지만 그녀는 이내 고개를 저었다. 그리고 강하게 마음먹으리라 다짐하며 희우의 뒤를 쫓아갔다.

잠시 후, 희우와 윤수련은 역 안에 있는 사무실로 들어갔다.

CCTV를 관리하는 관계자에게 희우가 물었다.

"CCTV 보관 일수가 얼마나 되죠?"

"기계에 따라 다르죠. 최소 일주일에서 길게는 한 달까지 보관되고, 기간이 만료되면 자동으로 삭제됩니다."

"보관함이 있는 부분의 영상은요?"

"글쎄요."

관계자는 보관함이 있는 부분의 CCTV를 확인하기 시작했다.

희우의 눈은 CCTV 화면에 집중하고 있었다.

여학생이 보관함에서 조작된 신분증을 꺼내기 전, 보관함에 그것을 집어넣은 여자. 그 여자가 김진아일 테니 CCTV를 통해 뒤를 쫓으면 찾을 수 있다고 생각했다.

하지만 관계자의 입에서 들려온 말.

"2주네요."

윤수련의 입에서 한숨이 흘러나왔다.

여학생은 3주 전에 위조 신분증을 받았다. 관계자의 말은 김진아의 영상이 이미 지워졌다는 것을 뜻한다.

하지만 희우는 한숨을 쉬지 않고 다시 물었다.

"역으로 들어오는 입구는 보관 기관이 어떻게 되죠?"

희우는 김진아의 얼굴을 알고 있었다. 그녀가 입구에서 찍혔다면 뒤를 쫓을 수 있다.

희우의 말에 관계자가 다시 컴퓨터를 만지기 시작했다.

"3주입니다."

언제 어디로 들어왔는지만 파악한다면 CCTV를 뒤져서

이동 경로를 찾을 수 있지만 그 가능성은 무너졌다.

어느 곳으로 들어왔는지조차 알 수 없다면 일대 전체를 뒤져야 한다는 뜻이니까.

시간이 넉넉하다면 느긋하게 해결할 수도 있겠지만 지금은 일분일초가 촉박한 상황이었다.

희우는 시계를 들어 시간을 확인했다.

9시.

다른 방법을 찾아야 할 시간이었다.

그때.

우우우우웅.

희우의 핸드폰이 울렸다.

민수였다.

"네, 선배."

—흘흘흘, 네가 잡아 온 박치환이라고 있지?

"……."

—지금 구속 수사에서 불구속으로 바뀌었어. 에스 로펌이 잘하기는 하나 보네. 흘흘흘.

박치환이 집으로 돌아간다는 말이었다.

희우는 잠시 눈을 감았다.

어떻게 해결해야 할지 고민하는 중이었다.

그리고 눈을 뜨며 전화기에 대고 말했다.

"선배, 박치환한테 가서 말 좀 전해 주세요."

－무슨 말?

"김진아의 추적을 거의 끝냈다는 말요."

－김진아? 알았어.

"감사합니다."

－너, 빚졌어. 흘흘흘.

희우가 민수와 전화를 끊자 옆에 있던 윤수련이 희우에게
물었다.

"불구속 수사라뇨?"

"증거 불충분이겠죠? 예상은 하고 있었습니다."

희우는 말을 하며 핸드폰의 번호를 눌렀다. 그의 전화가
향하는 곳은 상만이었다.

"연석이 만났어?"

－네, 차 가지고 오라고 했다면서요? 키 받아서 방금 떠났
습니다.

"연석이가 물건 준 거 있지? 그건 흥신소에게 주도록 해.
그리고 일 하나 더 부탁하자."

－말씀하세요.

"조금 이따가 중앙 지검에서 사람 한 명이 나갈 거야. 청
바지에 검은 티를 입은 사람이야."

희우는 상만에게 흥신소를 통해 검찰을 나갈 박치환을 미
행해 달라고 부탁하며 전화를 끊었다. 그리고 윤수련을 보며
말했다.

"이제 이 근처에서 대기해야겠네요. 커피나 한잔하고 있을까요?"

박치환이 빠져나가는 마당에 한가로이 커피나 마시자는 희우의 말에 윤수련은 어이없는 표정으로 그를 바라볼 뿐이었다.

그 시각, 민수는 지검의 1층 로비 벽에 기대 서 있었다.

멀리서 에스 로펌의 변호사와 박치환이 걸어오는 게 보였다.

민수는 등을 복도에서 떼고 그들을 향해 걸어갔다.

뚜벅뚜벅 그들의 발소리가 들려왔다.

앞에 선 민수가 입을 열었다.

"흘흘흘, 김진아의 신변이 거의 확보되었다던데."

"……!"

박치환의 눈이 꿈틀거렸다. 하지만 순간일 뿐이었다.

민수가 다시 입을 열었다.

"또 봅시다."

허구성 변호사가 민수를 슬쩍 바라보며 말했다.

"이민수 검사님?"

"아이고, 저도 알고 계시나요? 잡아 오는 나쁜 놈들 족족 빼다가 풀어 주시는 위대하신 에스 로펌 허구성 변호사님께서 미천한 제 이름까지 알고 계시다니, 성은이 감개무량합니다."

허구성 변호사가 고개를 저으며 민수의 가슴을 가리켰다.

"명찰 있어서요."

이름을 알고 있다는 것이 아니라 명찰을 보고 말한 것.

민수는 자신의 명찰을 만지작거리며 웃기 시작했다.

"명찰이 있었구나. 난 또 내가 잘난 줄 알았네. 흘흘흘."

허구성 변호사가 미간을 찌푸리며 입을 열었다.

"사건에 관계되지 않은 말은 해 주시지 말았으면 좋겠습니다."

"그러죠. 그럼 또 봬요."

박치환과 허구성 변호사가 밖으로 나갔다.

검찰 건물 밖으로 완전히 나가자 허구성 변호사가 집까지 데려다준다고 했지만 박치환은 고개를 저었다.

"혼자 갈 수 있어요. 바로 앞에 전철도 있고 택시도 많은데요."

"알겠습니다. 그럼 조심히 가시고요. 다시 수사받을 때 뵙기로 하죠."

"네."

"걱정은 하지 않으셔도 될 것 같습니다. 박치환 사장님이 가지고 있는 것은 모두 무혐의로 보이고 있으니까요."

허구성 변호사는 박치환에게 짧게 인사한 후 자리를 벗어났다.

순간 박치환의 눈빛이 변했다.

검찰 밖을 빠져나가는 박치환. 그를 가만히 보고 있는 눈이 있었다.

바로 민수였다.

민수가 핸드폰을 들었다.

"지금 빠져나간다. 차 안 타고 가니까 뒤쫓기는 편하겠네."

물론 그 전화는 희우에게 향하는 전화였다.

─차를 안 탈 거라는 건 예상했습니다. 변호사와 함께 있으면 움직이기가 불편할 테니까요.

정문을 벗어난 박치환의 뒤를 상만이 붙여 놓은 흥신소 직원이 쫓고 있었지만 그는 알지 못했다.

박치환은 택시에 올랐다. 그리고 핸드폰을 들어 어디론가 전화를 걸었다.

"지금 어디야? 거기 있으면 위험해. 지금 당장 천하 호텔로 이동해."

뚝.

전화를 끊었다.

박치환의 눈에 잔인한 빛이 흐르고 있었다.

그는 천천히 가방의 지퍼를 열고 내부를 확인했다. 그러자 도청 장치가 눈에 들어왔다.

하지만 박치환의 눈빛은 흔들리지 않았다.

마치 모든 것을 알고 있었다는 듯 입꼬리를 말아 올릴 뿐이었다.

커피숍에 있던 희우에게 전화가 왔다.

상만이었다.

─천하 호텔로 가라고 한다는데요?

"지금 전화한 거지?"

─네.

희우는 전화를 끊고 윤수련을 바라봤다.

"통신사에 연락해서 지금 박치환이 전화한 핸드폰 번호 추적해 주세요. 그리고 그 핸드폰의 위치와 사용자 주소까지 알아봐 주세요."

도대체 상황이 어떻게 돌아가는지 모르고 있던 윤수련은 눈을 깜빡였다. 하지만 바로 전화를 들어 지점에 연락했다.

연락을 마친 윤수련이 희우를 보며 물었다.

"도대체 어떻게 되는 상황이죠?"

"박치환을 잡을 수 있는 증거가 사실 없잖아요?"

"네?"

"그래서 무리수를 두게 만들고 있습니다. 궁지에 몰릴수록 얼토당토않은 행동을 하기 마련이니까요. 지금 박치환은 우리를 따돌렸다고 생각하고 김진아를 만나러 가고 있을 겁니다."

잠시 후, 윤수련의 핸드폰이 울렸다.

연락을 받은 그녀가 자리에서 일어섰다.

"근처입니다."

"다행이군요."

모텔이 즐비한 거리를 지나가면 주택가가 모여 있었다.

그곳에서 박치환은 택시에서 내렸다.

그는 낮게 한숨을 내쉰 후, 걷기 시작했다.

그곳에 도착한 것은 박치환만이 아니었다.

스르륵 차량 한 대가 미끄러지듯 천천히 들어왔다.

차량에는 윤수련과 희우 그리고 연석이 타고 있었다.

자동차의 시동이 꺼지며 안에는 적막한 기운이 흘렀다.

적막함을 깬 것은 연석이었다.

"저…… 화장실 좀 다녀와도 될까요?"

연석은 윤수련의 눈치를 보고 있었다.

이곳에서 볼일을 보면 당연히 노상 방뇨. 검사가 옆에 있는데 불법적인 일을 하자니 눈치가 보일 수밖에 없었다.

윤수련이 고개를 끄덕였다.

"그렇게 하세요."

"감사합니다. 하루 종일 바쁘게 움직여서 화장실에 갈 시간도 없었네요."

연석이 차량에서 내리자 윤수련이 희우에게 말했다.

"여기에 나타날까요?"

희우가 고개를 끄덕였다.

"아마도요."

희우는 가만히 박치환의 성격을 기억했다.

그는 매우 잔인하고 이기적인 사람이었다.

민수에게 '김진아의 신변이 거의 확보되었다던데.'라는 말을 들은 이상, 그냥 지나칠 사람이 아니었다.

다만 언제 나타날지 알 수는 없었다.

그저 기다릴 뿐이었다.

윤수련이 물었다.

"김진아는 누구죠?"

그녀의 질문에 희우는 잠시 어디까지 이야기해 줘야 하나 생각했다. 그리고 입을 열었다.

"가짜 신분증을 만들어 주고 수수료를 받는 사람요."

"그런데 박치환이 왜 그 여자를 만나려고 할까요?"

희우가 가만히 입을 열었다.

"박치환은 고등학교 시절, 용돈을 벌기 위해 성매매를 장난으로 시작했어요. 하지만 장난이 과하면 화를 부른다고, 대대적인 사업체가 되었지요."

"……."

"김진아는 박치환의 파트너예요. 가출한 학생들을 찾아 매수하는 일이 주 업무지요. 그리고 박치환이 하는 성매매의 가장 악질적인 점은 다단계라는 겁니다."

"다단계요?"

희우가 고개를 끄덕였다.

"네, 한 명을 영입해서 그 한 명이 돈을 벌면 그 위에 돈을 더 얹어 주는 구조지요. 김진아는 한 달에 가장 많은 돈을 벌어 가는 사람, 즉 피라미드의 정점입니다."

윤수련은 대체 이런 걸 어떻게 알고 있냐는 눈빛으로 희우를 바라봤다.

희우는 어깨를 으쓱해 보였다.

"미리 조사했다고 말씀드렸잖아요."

윤수련은 희우의 정보력에 감탄하고 있었다. 하지만 이 사건은 희우가 이전의 삶에서 직접 처리했던 일이었기에 자세히 알고 있을 수밖에 없었다.

과거와 집이나 사무실의 위치 등이 조금 달라졌다고 해도 큰 틀은 그대로니까.

희우가 윤수련에게 물었다.

"제왕 그룹은 왜 잡으려고 하는 거죠?"

"글쎄요. 개인적인 이야기라 하고 싶지는 않네요. 그럼 김희우 변호사님은 왜 제왕 그룹과 싸우려고 하는 건가요?"

"이유가 있나요?"

"……"

"나쁜 놈들이니까 잡는 거지. 그게 법조인이 해야 할 일이잖아요."

윤수련이 낮게 한숨을 내쉬며 말했다.

"가능할 거라고 생각하나요?"

"네."

희우의 간단한 대답에 윤수련은 고개를 저었다.

"사모님이 천하 그룹의 막내딸이었다고 들었어요."

"……."

"제왕 그룹에 대해 잘 모르시는 것 같으니 천하 그룹으로 여쭤 볼게요. 천하 그룹이 일개 검사와 변호사가 손잡는다고 이길 수 있는 존재인가요?"

천하 그룹은 명실상부 대한민국 최고의 기업이다.

그런 곳은 검사와 변호사가 싸워서 무너뜨릴 수는 없다.

윤수련이 말을 이었다.

"제왕 그룹은 그룹의 가치로만 본다면 천하 그룹보다는 작습니다. 하지만 가지고 있는 힘으로 본다면 달라요. 아무래도 천하 그룹은 조태섭 의원과 정경유착을 했잖아요. 그래서 조태섭 의원이 무너진 후 많이 약해졌죠."

희우도 알고 있는 이야기였다. 하지만 모른 척 그녀의 말에 귀를 기울였다.

그녀가 계속 말했다.

"제왕 그룹은 군부 시절 정경유착을 했던 적이 있습니다. 하지만 그 이후로 조태섭 의원의 시대가 된 후에는 몸을 바짝 낮추고 살았어요. 하지만 아무도 모르게 독자적인 노선을 타고 있었지요. 그들은 혼맥 관계로 저변을 넓히고 있었습니다."

제왕 그룹은 가지고 있는 계열사뿐만 아니라 혼맥을 통하여 메이저 신문사, 방송사, 엔터테인먼트사, 자동차 회사, 등 대한민국 산업을 받치고 있는 기업의 중심이 되어 있었다.

윤수련이 한숨을 내쉬며 말을 이었다.

"제왕 그룹을 건든다는 것은 우리나라 재벌 전체와 싸운다는 겁니다. 아, 재벌 전체에서 천하 그룹은 빼야겠네요. 사이가 어떤지는 몰라도 설마 여동생의 남편과 싸우지는 않겠네요."

"……."

"어쩌면 대한민국 경제 구조의 뿌리를 흔들 수도 있는 싸움이에요."

위험한 일이었다.

정치인들을 4년짜리 시한부 인생의 삶이라고 비웃는 진정한 재벌 가문과의 싸움.

자신의 목숨은 물론이고 주변 사람들까지 모두 위험에 처하게 할 수도 있는 일이었다.

설령 싸워서 이긴다고 해도 박수를 받지 못할 일일 수도 있었다. 자칫 대한민국 경제의 한 축이 크게 무너질 수도 있는 일이니까.

윤수련은 가만히 희우를 바라봤다.

이런 위험한 일인데도 정말 함께하겠느냐는 눈빛이었다.

희우가 피식 웃으며 입을 열었다.

"제가 많이 약해 보이나 봅니다."

희우의 말에 그녀가 당황했다.

"네? 아니, 그런 말이 아니에요. 싸움의 상대가 다르다는 말을 해 드리고 싶었어요."

"그럼 조태섭은 쉬운 상대였을까요?"

"……!"

조태섭은 희우가 무너뜨린 권력자의 이름이었다.

희우가 말했다.

"상대가 강하고 강하지 않고는 상관없어요. 제가 비난을 받든 받지 않든 상관없어요. 다만 전 법은 공평해야 한다고 생각합니다. 돈이 많든 적든, 힘이 있든 없든."

"……."

희우가 양손을 펼쳐 저울처럼 위아래로 흔들며 말을 이었다.

"똑같이 공평해야죠. 그게 사회의 룰이니까요. 그런데 그런 룰을 어기고 법 위에 있고 싶어 하는 놈들을 어떻게 봅니까?"

"……."

희우의 펼쳐졌던 손이 꽉 주먹으로 쥐였다.

그가 낮은 목소리로 말했다.

"잡아야지."

윤수련의 입가에 살짝 미소가 나타났다.

그녀는 문득 희우와 함께 검사 생활을 했다면 좋았겠다는 생각을 했다.

그때 희우가 '쉿.' 하고 소리를 내며 차량 밖을 바라봤다.

짙은 선팅이 되어 있는 차량이었기에 밖에서 안을 볼 수는 없었다.

희우의 눈에 보이는 것.

그것은 모자를 푹 눌러쓰고 검은 비닐봉지를 들고 있는 박치환이었다.

박치환은 골목의 구석에 서서 밖을 보고 있었다.

경찰이 있는지 없는지 확인하고 있는 것이었다.

그를 보며 희우가 윤수련에게 작은 목소리로 말했다.

"제가 나가면 119를 불러 주세요."

"네? 119요?"

희우가 고개를 끄덕였다. 검은 봉지 안에 칼이 들어 있을 확률이 높다.

"위험한 일이 벌어지지 않았으면 좋겠지만 지금 녀석은 궁지에 몰린 쥐거든요. 연석이도 나서지 말고 여기에 운전대를 잡고 있으라고 하세요."

궁지에 몰린 쥐는 고양이와 싸우려고 한다.

그 뜻은 무모한 일이라도 서슴지 않고 한다는 것을 뜻한다.

지금 희우가 보고 있는 박치환은 그런 일을 얼마든지 저지를 수 있는 사람이었다.

박치환은 주변을 두리번거리다가 아무도 없다는 것을 알

앉는지 골목에서 나와 걷기 시작했다.

그가 한 건물로 들어가자 희우는 차량의 문을 열고 밖으로 나섰다.

그런 희우의 모습을 윤수련이 걱정스러운 표정으로 바라봤다.

희우는 윤수련에게 다시 한 번 119에 연락해 달라는 말을 하고선 박치환이 들어간 건물을 향해 갔다.

박치환이 들어간 곳은 3층. 희우는 주택의 계단을 통해 걸어 올라갔다.

최대한 발소리도 내지 않고 조용히.

윤수련에게 말하지 않은 것이 있었다.

김진아는 박치환의 여자 친구다.

하지만 사실상 노예라고 말하는 게 맞았다.

박치환은 김진아가 벌였던 범죄를 통해 협박하며 그녀를 계속해서 늪으로 끌고 가고 있었기 때문이다.

그사이 희우는 3층에 도착했다.

살짝 열려 있는 문.

희우의 눈이 찌푸려졌다.

'잠기지 않았다?'

희우는 문고리를 잡고 문을 열었다.

끼이이이익.

기름이 칠해지지 않은 문소리가 들렸다.

그리고 현관 앞에 서 있는 박치환.

"……!"

희우의 놀란 얼굴을 보며 박치환이 입을 열었다.

"여기는 또 무슨 일이십니까, 변호사님?"

박치환의 목소리는 희우가 올 것을 알고 있었던 것 같았다.

희우는 냉정을 찾으며 박치환 너머로 집 안을 들여다보며 입을 열었다.

"김진아는 어디에 있지?"

"김진아가 누군데 그래요?"

박치환은 여유로운 표정으로 희우를 바라보았다.

그가 말했다.

"변호사니까 영장 같은 건 없을 테고, 남의 집에 이렇게 들어와도 됩니까?"

"……."

박치환이 고개를 저었다.

"뭐가 의심스러운지는 모르겠는데, 안에 들어와서 확인해 보시겠어요?"

저 여유로운 태도가 마음에 들지 않았다.

희우는 입을 꽉 다물고 언젠가 저 여유로움을 없애 버리겠다고 다짐하며 집 안으로 들어갔다.

방 두 개에 거실과 화장실이 하나씩, 약 18평 형의 집.

희우는 화장실 문도, 방문도 열어 봤다.

하지만 책상과 침대만 있을 뿐, 여성이 있었다는 흔적은 보이지 않았다.

남자의 옷과 신발 등이 전부였다.

희우의 눈이 책상 위로 향했다.

책상 위에 놓인 핸드폰 하나.

취조실에서 봤던 박치환의 것이었다.

주방에서 물이 끓는 소리가 들려오자 박치환이 희우에게 말했다.

"슈퍼에서 라면을 사다가 끓여 먹으려고 했거든요."

박치환이 들고 있던 검은 봉지는 칼이 아니라 라면이었다.

"난 신경 쓰지 말고 라면이나 넣어."

"그러죠. 같이 드시고 가시겠어요?"

박치환은 능글맞게 말하며 주방으로 걸어갔다.

그런 그를 보며 희우가 물었다.

"김진아는 어디에 있지?"

"그 사람이 누군데요? 예쁜가요? 예쁘면 소개나 해 주시든가요. 이참에 알고 지내게요."

박치환은 여유롭게 라면을 끓는 물에 집어넣으며 말했다.

분명 녀석은 김진아가 누군지 알고 있다.

하지만 이곳에 김진아는 없었다.

희우는 잠시 생각에 빠졌다.

분명 박치환이 택시에서 전화했던 곳. 그 위치를 조회했을 때, 이곳을 가리키고 있었다.

그것은 누군가 이곳에서 전화를 받았다는 뜻이었다.

그게 김진아는 아니다.

그럼?

순간 희우는 이전의 삶에서 박치환과 함께 있던 공범을 떠올렸다. 바로 그중 한 명이 이곳을 사무실로 하여 사용했을 가능성이 높았다.

한곳에 머물러 일하면 들켰을 때 리스크가 크다.

하지만 여러 지역으로 분산되어 일한다면 한 명이 잡힌다고 해도 다른 사람들이 증거를 지울 수 있는 시간을 만들 수 있다.

그 증거를 지운다는 것은 바로 김진아를 세상에서 지운다는 말이기도 했다.

희우가 미간을 찌푸리며 박치환에게 입을 열었다.

"보기보다 머리를 많이 썼구나?"

"다 변호사님 보고 배운 거죠."

"……!"

"조태섭을 어떻게 잡았는지 텔레비전에 여러 번 나왔잖아요."

희우가 거대 권력자와 싸운 일화에 대해서는 여러 번 다큐멘터리 같은 것을 통해 재현되어 방송되었었다.

물론 세세한 이야기는 빠졌지만 철저하게 계산해서 움직였다는 것은 그대로 방송되었다.

박치환이 말했다.

"제가 범죄를 저지르지는 않았습니다. 하지만 철저하게 계산해서 움직여야 한다는 것은 변호사님께 잘 배웠습니다."

"……."

"그럼 가 주세요."

희우는 인상을 구기고 밖으로 나갈 수밖에 없었다.

차량으로 돌아와 조수석에 타는 희우에게 윤수련이 눈을 깜박이며 물었다.

"어떻게 됐죠?"

"119에 전화해서 오지 말라고 해 주세요."

"네?"

희우는 더 이상 말하지 않고 주머니에서 핸드폰을 꺼냈다.

그것은 희우의 핸드폰이 아니었다.

박치환의 것이었다.

방에 들어갔을 때, 책상 위에 있던 핸드폰을 슬쩍 주머니에 집어넣은 것이다.

희우는 박치환의 핸드폰에 찍힌 문자를 확인했다.

-불구속 수사, 김진아.

단 두 마디만 적혀 있었다.

희우가 윤수련에게 말했다.

"010-○○○○-○○○○. 위치 추적해 주세요."

"네?"

"그리고 지금 당장 경찰에 협조해서 박치환을 잡으라고 해 주세요. 도주의 위험이 있습니다. 죄명은 살해 교사! 어서요!"

윤수련은 더 이상 묻지 않고 전화기를 들었고, 희우가 운전석에 앉아 있는 연석에게 말했다.

"시동 걸고 출발해."

"어디로요?"

"일단 가."

그 시각, 핸드폰이 사라진 것을 알게 된 박치환. 그의 눈에 분노가 일었다.

"이런 젠장!"

그는 서둘러 창밖을 내다봤다. 하지만 희우의 차량은 보이지 않았다.

"젠장! 젠장! 젠장!"

박치환의 입에서 험한 소리가 흘러나왔다. 그는 서둘러 옷장에 옷을 꺼내 가방에 담기 시작했다.

한참을 이동하던 중, 윤수련이 말했다.

"핸드폰의 위치가 파악되는 곳은 양평의 산속이라고 합니다. 그리고……."

희우에게 핸드폰을 건넸다.

"지검장님입니다. 변호사님과 통화하고 싶다고 하셨습니다."

희우는 윤수련의 말에 근처에 차량을 멈춰 세웠다. 그리고 윤수련이 건넨 전화를 받았다.

정필승 지검장이 입을 열었다.

－살해 교사라니? 지금 무슨 소리를 하는 거야? 만약 살해 교사가 아닐 시에 벌어질 사태에 대해서는 누가 책임진다는 거지?

"제가 책임지겠습니다."

－검찰을 떠난 변호사가 검찰 일을 돕다가 살해 교사 어쩌고 했다는 것을 언론에 내보이라고? 지금 나를 엿 먹이려고 작정했나!

희우의 입에서 깊은 한숨이 흘러나왔다. 한시가 바쁜 상황에 지검장을 설득해야 한다는 게 쉬운 일은 아니었다.

희우가 말했다.

"그럼 경찰에게 협조해서 박치환이 떠나지 못하도록 잡아 놓기만 해 주십시오. 방법은 많잖아요? 주변에 도둑이 들었는데 용의자를 찾는다고 계속 물어보면 되겠네요."

－시간은?

"두 시간이면 가능할 겁니다."

－딱 두 시간이야. 그 시간이 지나면 난 자네하고 했던 계약을 파기할 거야. 윤수련이 무엇 때문에 자네에게 필요한지

는 몰라도 내게는 큰 상관이 없으니까.

희우는 전화를 끊었다. 그리고 윤수련에게 물었다.

"양평 어디라고 했죠?"

"양평까지만 알아요. 중간에 전원을 꺼 버린 것 같다고 했어요."

희우는 다시 전화를 들었다.

상만이었다.

"아까 신원 확인된 애들 있다고 했지? 그놈들 중에 양평으로 이동한 놈 있어?"

ㅡ네, 있습니다. 오성대라고 하는 놈이 양평으로 갔어요.

"주소 찍어 줘."

희우는 전화를 끊고 연석에게 말했다.

"일단 양평으로 가. 중간에 주소 찍을 테니까."

"빨리 가야겠죠?"

"최대한."

"그럼 윤수련 검사님, 죄송합니다."

연석은 차량의 액셀을 힘껏 밟았다.

부아아아아아아앙!

차량의 엔진이 한계를 지나 터질 것 같은 소리가 들려왔다.

엔진이 터질 것 같았지만 연석은 액셀에서 발을 떼지 않았다.

부우우우웅!

그리고 잠시 후, 차량은 양평의 전원주택 근처에 다가섰다.

"헤드라이트 끄고, 적당한 곳에 주차해."

연석은 주택의 불빛이 멀리 보이는 곳에서 차량을 멈춰 세웠다. 희우가 윤수련에게 말했다.

"경찰에 지원 요청해 주세요. 혹시 모르니 119 구급차 부르는 것도 잊지 말고요."

"오기 전에 했으면 좋았잖아요."

"그럼 김진아가 정말 죽을 수도 있으니까요. 제가 연석이와 움직이는 게 더 유리합니다. 수갑이나 빌려주세요."

희우는 차량에서 내려 뒤의 트렁크를 열었고, 연석은 안에 들어 있던 가방을 익숙하게 어깨에 걸쳤다.

상만이 땅을 보러 다닐 때 사용하는 물품이 들어 있는 가방으로, 이런 상황에서도 요긴하게 사용할 곳이 많았다.

희우가 주택을 향해 걸어가며 연석에게 말했다.

"주먹 쓰지 말라고 해 놓고 이런 데서 싸움 시키려니까 미안하네."

"하하, 괜찮아요. 나쁜 짓 아니잖아요."

"위험할 것 같으면 무조건 피해. 정의 어쩌고 이런 말 하지 말고. 네가 살아 있어야 정의도 있는 거야."

"알겠습니다."

희우와 연석은 그 뒤로 말없이 움직였다.

어두운 길을 지나 도착한 전원주택 앞에는 승합차 두 대가 세워져 있었다.

희우의 미간이 찌푸려졌다.

승합차가 있다는 것은 상대의 숫자를 가늠하기 어렵게 만든다.

몇 명이 있는지 모르는 상황. 게다가 어떤 무기를 들고 있는지도 알 수 없었다.

희우의 시선이 주택의 창가로 향했다.

빛이 새어 나오기는 했지만 커튼이 드리워져 있어서 안이 보이지 않았다. 하지만 낄낄거리는 사내들의 목소리가 밖으로 흘러나오고 있었다.

그때 문이 열리고 두 명의 사내가 앞으로 나타났다.

처음 보는 얼굴들이었다.

희우와 연석은 어둠 속에 몸을 숨기고 상대의 목소리에 귀를 기울였다.

꽤 술에 취한 목소리였다.

"이렇게 죽이는 건 어떻게 알았대?"

"몰라. 똑똑한 놈이니까 이것저것 알아봤겠지."

남자 한 명이 담배를 입에 물었다.

다른 남자가 킥킥거리며 말했다.

"넌 그걸 알고도 담배 피울 기분이 들어?"

"넌 아니야?"

"똑같지, 뭘."

그들이 담배를 빨아들일 때마다 붉은 불빛이 숨을 쉬듯 밝

어게인
마이라이프
SEASON 2

아졌다.

잠시 후, 한 사내가 담배를 땅에 떨어뜨리고 발로 비벼 끄며 말했다.

"먼저 들어간다."

"적당히 마셔. 네가 먼저 죽겠다."

한 사람이 안으로 들어가며 남자는 이제 혼자가 되었다. 그때 희우가 연석에게 눈짓했다.

동시에 연석이 앞으로 튀어 나갔다.

어둠 속에서 튀어나온 연석을 본 사내의 눈이 순식간에 커졌다. 하지만 그것은 오래가지 않았다. 연석의 주먹에 얼굴을 가격당해 정신없이 뒹굴었기 때문이다.

나뒹군 사내가 턱을 만지며 소리를 지르려고 할 때, 희우가 날카로운 무엇인가를 사내의 목에 댔다. 그리고 낮은 목소리로 위협하듯 입을 열었다.

"쉿."

사내는 겁먹은 표정으로 고개를 끄덕거렸다.

희우가 다시 낮은 목소리로 입을 열었다.

"안에 몇 명 있어?"

"네…… 네 명 있어요."

"김진아를 어떻게 죽인다는 거지?"

"……!"

사내의 눈동자가 크게 흔들렸다. 김진아의 이름을 알고 있다는 것은 지금 자신을 공격하고 있는 사람들이 경찰이나 검찰이 아닐까 하는 생각이 들었기 때문이다.

그는 지금 소리를 질러서 안에 있는 동료들이 도망갈 수 있는 시간을 벌어 줘야 하는지 순간적으로 고민하고 있었다.

하지만 동시에 희우가 들고 있는 차가운 무엇인가가 사내의 목을 강하게 후비고 들어갔다.

사내가 떨면서 입을 열었다.

"사…… 살려 주세요."

"어떻게 죽인다는 거지?"

"니코틴요."

"니코틴?"

"몰라요. 저도 들은 거예요. 니코틴을 혈액에 녹아들게 하면 한두 방울만으로도 사람을 죽일 수 있다고, 그래서 김진아가 골초니까 증거도 안 남을 거라고."

이들이 하는 말대로라면 아직 김진아는 죽지 않은 것 같았다.

"누구에게 들은 거지?"

"박치환요."

"안에 무기는?"

"어…… 없어요."

그 말을 들은 희우는 다시 연석을 바라봤다.

"물려."

연석은 들고 온 상만의 가방에서 천 하나를 꺼내 둘둘 말아 재갈로 만들었다. 그리고 익숙하게 남자의 입을 막고 밧줄을 이용해서 나무에 꽉 묶기 시작했다.

연석이 남자를 묶으며 희우에게 말했다.

"그런데 뭐로 겁주신 거예요?"

어둠 속이었기에 가까웠지만 희우가 뭘 들고 있는지 연석도 잘 보이지 않았다.

희우가 피식 웃으며 손에 들고 있는 것을 들어 올려 보였다.

"선글라스야."

금속 테로 만들어진 선글라스였다.

날카롭지도 않은 안경에 겁먹고 술술 불다니, 연석이 어이 없다는 듯 웃기 시작했다.

희우가 조용히 입을 열었다.

"어두워서 보이지 않을 때는 뭐든 무서운 법이니까."

그 말을 끝으로 희우와 연석은 다시 주택 앞에 섰다.

이제 놈들이 무슨 짓을 할지 명확히 알고 있기에 머뭇거릴 필요는 없었다.

어두운 밖과 달리 밝은 집 안.

그곳에서는 남자 세 명과 여자 한 명이 발가벗고 앉아 술판을 벌이는 중이었다.

그들은 박치환이 검찰에 끌려간 후 증거를 조작하고 숨어 있다는 명목하에 이곳으로 와 술을 마시고 있었다.

물론 목적은 김진아를 살해하는 것이었다.

온몸에 문신이 가득한 오성대라는 이름의 덩치 큰 남자가 가운데에 앉아 있었다.

그가 말했다.

"진아는 만에 하나 잡힐 경우 우리는 모르는 사람들이라고 말해야 해. 알았지?"

딱 한 명 있던 여자가 바로 희우가 찾아다니던 김진아였다. 그녀가 취기 오른 눈동자로 고개를 끄덕거렸다.

"나 못 믿어?"

이미 혀가 꼬인 목소리였다.

오성대가 말을 이었다.

"네가 잡혀 들어가도 길어 봤자 1~2년이야. 출소하고 나오면 돈방석에 앉게 해 줄게. 하지만 입을 잘못 놀리면 네가 한 짓은 고스란히 부모님께 알려질 거야."

살해가 실패했을 경우 입막음을 위해 계속해서 세뇌시키는 과정이었다.

하지만 그런 이유를 모르는 김진아는 오성대를 흘겨봤다.

"재수 없게 계속 잡혀간다는 말을 하고 있어. 나 안 잡힐 거야. 경찰이 여기를 어떻게 알아?"

오성대는 김진아를 보며 비릿한 미소를 지었다.

"응, 넌 안 잡힐 거야……."

그는 말끝을 흐렸다. 그 뒤에는 '넌 오늘 죽을 테니까.'라는 말이 숨겨져 있었지만 김진아가 알 수 없었다.

김진아가 술잔을 들어 올리며 크게 말했다.

"경찰이 여기까지 찾아올 수 없잖아! 그러니까 그냥 마셔! 하하하, 경찰이 짠 하고 문 열고 나타나면 되게 웃기겠……."

끼이이이익.

열리는 문.

집 안에 있던 모두의 시선이 문으로 향했다.

거기에는 희우가 서 있었다.

희우가 남녀들을 둘러보며 입을 열었다.

"다들 제정신이 아니네."

오성대가 인상을 구기며 자리에서 일어섰다.

"넌 뭐야!"

그를 본 희우가 피식 웃었다.

"오성대, 반갑다."

"나를 알아?"

알고 있다마다. 이전의 삶에서 박치환과 함께 감옥에 보냈던 놈인데.

오성대가 인상을 구기며 고개를 저었다.

"난 그쪽이 누군지 모르겠으니까 가던 길 가세요. 이곳에 있으면 험한 꼴 봐요."

그 말을 들은 희우가 다시 놈들을 둘러보며 말했다.

"이미 험한 꼴은 보고 있는 것 같은데? 추하니까 옷 좀 입지그래? 그 꼴로 검찰에 끌려갈 수는 없잖아?"

검찰이라는 말이 나오자 내부의 분위기가 싸해졌다.

오성대가 자리에서 비틀거리며 일어나 입을 열었다.

"혼자 왔소?"

"안 보여? 둘이 왔잖아."

오성대가 옆에 있는 연석을 물끄러미 바라봤다. 그리고 그 안에 있던 남녀들이 킬킬거리고 웃기 시작했다.

김진아도 자신이 죽을 위험에 처했다는 걸 모르는지 함께 웃고 있었다.

그들의 눈에는 지금 연석과 희우가 단둘이 왔다는 것이 웃긴 모양이었다.

오성대가 거대한 덩치를 끌고 건들거리며 고개를 까닥였다. 그리고 싱크대로 걸어가 칼을 들어 올렸다.

희우가 그 모습을 보며 말했다.

"웬만하면 그 옆에 있는 국자를 들지그래? 야구방망이가 없어? 야구방망이는 둔기류로 들어가지만 칼은 흉기야. 죄가 더 심해질 수 있는데."

"끝까지 잘난 척하기는!"

희우가 달려오는 오성대를 보며 연석에게 조용히 말했다.

"정당방위 범위에서 움직여라."

동시에 '콰직!' 하는 소리가 들리며 오성대의 거대한 신체가 바닥으로 무너져 내렸다.

주변에 있던 다른 남자들도 연석을 향해 달려들었지만 불에 뛰어드는 불나방과 같은 신세일 뿐이었다.

연석이 상대들을 바닥으로 쓰러뜨리고 있을 때 희우는 몸을 돌려 가려진 커튼을 열어 젖혔다.

멀리 경찰차의 번쩍이는 불빛이 보이고 있었다.

가만히 밖을 바라보는 희우의 모습은 거실에서 일어나는 거친 싸움과 무관하게 상당히 여유롭게 느껴졌다.

─◦◦◦─

중앙 지검 취조실.

다시 박치환과 윤수련이 마주 앉아 있었다.

다른 점이 있다면 박치환의 옆에 허구성 변호사가 있다는 것이었다.

늦은 밤에 연락을 받고 달려온 허구성 변호사는 윤수련을 보며 미간을 찌푸렸다.

"지금 뭐가 잘못되었다는 거죠? 박치환 씨는 불구속 조사를 받기로 결정된 것 아니었습니까?"

"살인 교사 혐의가 있습니다."

허구성 변호사가 고개를 저었다. 그리고 한심하다는 눈빛으로 윤수련을 바라보며 입을 열었다.

"증거가 있나요? 이야기를 들어 보니 당신들이 말한 김진아라는 여자는 그 시간에 친구들과 모여 술을 마시고 있다고 하던데요?"

"박치환 씨의 지시로 그 안에 있던 네 명의 남자들은 김진아 씨를 술에 취하게 한 후 니코틴으로 독살하려고 했습니다."

윤수련의 말에 박치환이 기분 나쁘게 피식 웃었다.

"반말하지 말라고 할 때는 따박따박 반말하시더니 변호사 오니까 박치환 씨라네. 낮부터 '씨' 자를 붙여 줬으면 얼마나 좋았을까요?"

윤수련이 박치환을 노려봤다. 하지만 그 시선은 오래가지 못했다. 허구성 변호사가 다시 입을 열었기 때문이다.

"그러니까 증거 있냐고요. 지금 검찰에서 하는 걸 보면 어떻게든 건수 하나 만들어 보려고 의뢰인을 표적으로 잡고 있는 것 같습니다. 계속 이런 식이면 우리도 가만히 못 있어요. 언론과 시민 단체에 부당함을 알릴 수밖에 없습니다. 그러니까 증거 가지고 오세요."

허구성 변호사의 말에 윤수련의 눈빛이 떨려 왔다. 사실 증거라고는 없었다. 희우의 말을 듣고 전원주택을 뒤졌지만 주삿바늘은 나오지 않았으니까.

그녀의 떨리는 눈빛을 봤는지 허구성 변호사가 더욱 강하게 밀어붙이고 나왔다.

"검찰에서는 합리적인 사고가 없습니까? 지금 이렇게 하시는 모든 것이 법적으로 어긋나고 있다는 거, 모르십니까?"

아직 윤수련은 닳고 닳은 변호사를 이기기가 어려웠다.

그때 취조실의 문이 열리고 희우가 들어섰다.

허구성 변호사를 보며 활짝 웃어 보인 희우가 입을 열었다.

"아, 변호사 신분이 아니라 참고인으로 들어온 건데, 괜찮을까요?"

허구성 변호사가 어이없다는 듯 고개를 저었다.

"검사님이 중심을 못 잡고 있으니 취조실에 아무나 들어오는군요."

하지만 허구성 변호사는 희우가 들어오는 것을 막지 않았다. 변호사의 목표는 박치환을 집으로 올 곳이 돌려보내는 것이었다. 지금 상황이 어떻게 돌아가는지 몰라도 희우가 박치환을 물고 있다는 것은 예측할 수 있었다.

허구성 변호사가 고개를 끄덕였다.

"좋습니다. 김희우 변호사님도 있어야 일이 빨리 끝나겠네요."

"아이고, 감사합니다."

희우는 사람 좋은 미소를 보이며 윤수련의 옆에 앉았다. 그리고 입을 열었다.

"지금 문제가 뭔가요?"

변호사가 피식 웃었다.

"그런데 김희우 변호사님이 여기 앉아 있을 시간이 있나요? 들어 보니 이유 없이 남의 집에 불법 침입해서 폭력을 행사했다고 하던데요."

희우가 어깨를 으쓱해 보였다.

"이런 상황에서 제 걱정도 해 주시고, 에스 로펌은 과연 대단한 로펌입니다. 만약 제가 불합리한 일에 빠진다면 에스 로펌에 의뢰하도록 하죠."

끝까지 여유를 부리고 있는 희우를 보며 에스 로펌의 허구성의 미간이 찌푸려졌다. 허구성이 말했다.

"제가 말씀드리고 싶은 것은 지금은 어떤 증거도 없다는 겁니다. 사건의 정황도 우리 의뢰인을 범인으로 가리키고 있지 않아요. 단순한 데이트 사이트를 운영했다고 이렇게 계속 귀찮게 하는 것은 말이 되지 않습니다."

희우가 인정한다는 듯 고개를 끄덕이며 입을 열었다.

"그런데 그건 김진아가 제정신을 차린 다음에 계속 이야기하면 안 될까요? 사건의 키를 쥐고 있는 김진아가 지금 술에서 깨어나지 못하고 있어서요."

가만히 앉아 있던 박치환이 짜증 난다는 듯 입을 열었다.

"전 김진아라는 사람을 모른다니까요."

박치환은 어느 정도 자신이 있었다.

이미 김진아를 살해하지 못했을 상황을 대비한 상태였다.

오성대는 김진아에게 절대 발설하지 말라는 말을 전했을 게 분명하니까.

박치환의 자신 있는 눈빛을 본 희우는 피식 웃고 말았다. 그리고 천천히 입을 열었다.

"정말 가증스럽네."

"……!"

희우의 말에 허구성이 강하게 말했다.

"지금 무슨 말을 하고 있는 겁니까? 사건이 결정되지 않은 상황에서 일방적으로 죄인으로 몰아가는 것은 잘못된 일 아닙니까? 인격을 지키면서 말해 주십시오."

희우가 고개를 저었다. 그리고 박치환의 눈을 뚫어지게 노려보며 천천히 또박또박 말을 이어 나갔다.

"범죄자에게 인격이나 인권이 어디 있어? 그냥 넌 범죄자야. 언제까지 여유로운 척하나 보자."

"변호사님!"

급기야 허구성이 책상을 내리치며 자리에서 벌떡 일어섰다. 하지만 희우는 아랑곳하지 않고 말했다.

"김진아를 살해하려고 했지? 만취한 상황에서 혈액 속에 니코틴을 주입하는 방법을 쓰려고 했을 거야. 바늘이 보이지 않는데 혹시 입으로 니코틴 원액을 마시게 하려고 했나?"

박치환이 어이없다는 듯 고개를 저었다.

"자꾸 한 말 또 하게 하시네. 증거 있냐고요."

"응, 있어."

"……!"

희우가 주머니에서 단추 모양의 카메라를 꺼내 들었다. 그리고 말을 이었다.

"오성대와 그 주변에 있던 놈들이 한 대화가 담긴 카메라다. 불법 녹화라고 하지 마. 우리는 혹시 모를 싸움에서 정당방위를 인정받기 위해 찍었을 뿐이니까."

희우가 카메라를 노트북에 연결하자 담배를 태우는 남자들의 모습이 찍힌 영상이 나타났다.

—이렇게 죽이는 건 어떻게 알았대?
—몰라. 똑똑한 놈이니까 이것저것 알아봤겠지.

사내들의 목소리가 끝나고 이어서 희우의 목소리가 들려왔다.

—김진아를 어떻게 죽인다는 거지?"
—니코틴요.
—니코틴?
—몰라요. 저도 들은 거예요. 니코틴을 혈액에 녹아들게 하면 한두 방울만으로도 사람을 죽일 수 있다고. 그래서 김진아가 골초니까 증거도 안 남을 거라고.
—누구에게 들은 거지?
—박치환요.

희우가 정지 버튼을 누르고 박치환을 바라봤다.

박치환의 눈은 심하게 떨리고 있었다.

희우가 그를 보며 말했다.

"여유가 없어진 표정, 아주 좋아. 이제 마음에 드네. 어디, 끝까지 모른다고 잡아떼 봐."

Chapter 3

박치환은 고개를 숙였다.

그를 향해 희우가 바짝 얼굴을 갔다 댔다.

"이제 죄를 인정하나?"

"……."

희우의 시선이 고개를 숙이고 있는 박치환을 지나 허구성 변호사에게 향했다.

"허구성 변호사님, 특기가 형량 낮추기라고 들었습니다. 살인 교사, 미성년자 성매매, 증거 인멸, 협박 등등. 아이고, 죄가 많아 말하기도 힘드네요. 주특기 살리려면 애 좀 쓰셔야겠어요."

희우의 비웃는 말에 허구성 변호사는 주먹을 꽉 쥔 채 부르르르 떨고 있을 뿐이었다.

희우는 자리에서 일어서며 윤수련 검사에게 말했다.

"그럼 나중에 뵙죠. 전 이만 돌아가겠습니다."

"네? 네."

희우는 박치환과 허구성이 약 좀 오르라고 콧노래까지 부르며 취조실을 벗어났다.

밖으로 나온 희우를 기다리고 있는 사람이 있었다.

바로 정필승 지검장이었다.

그는 함박웃음까지 지으며 희우를 맞이했다.

"아주 잘했어."

미성년자를 이용한 범죄를 해결했다는 것은 시민들이 딱 좋아하는 시나리오였다. 자신의 인지도를 한층 높이며 윗선에게 이름을 알려 총장으로 가는 길에 한 걸음 다가선 것 같은 기분까지 들었다.

정필승 지검장의 미소를 보며 희우가 살짝 고개를 숙였다.

"기뻐하시니 다행입니다. 하지만 상대가 에스 로펌의 허구성 변호사이니 어떤 궤변을 늘어놓을지 모릅니다. 사방을 철저하게 조사해야 할 겁니다."

"그거야 우리가 알아서 할 일이지. 자네가 신경 쓸 문제는 아니야."

"알겠습니다. 그럼 나중에 뵙겠습니다."

희우는 다시 한 번 정필승 지검장에게 고개를 숙인 후 자리를 벗어나려고 했다. 스쳐 지나가는 희우에게 정필승 지검

어게인
마이라이프
SEASON2

장이 입을 열었다.

"한 달 뒤의 선물은 뭐가 될지 기대되는군."

희우가 피식 웃었다.

"기대 많이 하십시오. 기대 이상의 선물을 가져다 드리지요."

희우는 그 말을 마지막으로 정필승 지검장을 떠나갔다.

희우의 뒷모습을 바라보던 정필승 지검장의 시선은 이제 취조실의 닫힌 문을 바라보고 있었다.

그의 눈빛은 지금까지 웃고 있던 눈이 아니었다.

의심으로 가득한 눈이 빛을 내고 있었다.

"도대체 김희우가 윤수련을 통해 무엇을 얻어 내려고 하는 거야?"

희우가 지검의 건물 밖으로 나오자 등나무에 앉아 있던 연석이 일어섰다.

"이제 끝났나요?"

희우가 손목을 들어 시간을 확인했다.

새벽 4시. 늦은 시간이었다.

"고생했다. 배고프지?"

희우의 말에 연석이 배를 만지며 고개를 끄덕였다.

"낮에 먹은 케이크 한 조각이 전부예요."

"상만이 불러서 같이 삼겹살이나 먹을까?"

"삼겹살요? 이 시간에 하는 곳이 있을까요?"

"상만이는 알고 있을걸? 그놈이 삼겹살 엄청 좋아하잖아."

그리고 상만은 정말 알고 있었다.

"여기가 스물네 시간 하는 곳인데요. 야간 일 하는 분들이
일 끝나고 여기 와서 삼겹살 먹고 술 한 잔씩 하고 가세요.
하하하하."

스물네 시간 하는 삼겹살집을 알고 있다며 자랑스레 말하
는 상만의 말투에 희우가 웃으며 물었다.

"넌 야간 일 하는 놈도 아닌데 이런 곳은 어떻게 알고 있어?"

"다른 지역에 땅 보러 갔다 오면 새벽일 때가 많잖아요.
배는 고프고 삼겹살은 먹어야 해서 여기를 찾았죠. 하하하."

상만은 연석과 희우의 잔에 술을 채웠다. 그리고 연석을
보며 말했다.

"사장님 쫓아다니니까 힘들지?"

"아뇨. 그런데 배는 조금 고팠어요."

"오늘 배불리 먹어. 먹고 싶은 거 있으면 다 말하고."

희우가 고개를 끄덕였다.

"먹고 싶은 것 있으면 다 말해. 상만이가 살 거야."

"제가요?"

"여기서 네가 돈 제일 많지 않아? 많은 놈이 사야지."

"헤헤, 제가 돈이 어디 있어요? 10원도 가만히 놔두지 말
고 투자하라는 사장님의 명을 받들어 제 통장은 텅텅 비어
있어요. 그리고 회사도 사장님 지분 빼면 전 거지잖아요. 그
러니까 오늘은 사장님이 쏘는 날입니다. 하하하."

어게인
마이라이프
SEASON2

상만은 장황하게 돈이 없다는 설명을 했다.

사실 그는 희우가 저렇게 말해도 당연히 자신에게 돈을 내게 하지 않으리라는 것은 알고 있었다. 하지만 희우의 장단을 맞춰 주기 위해 앓는 소리를 하는 것이다.

그렇게 한 잔 두 잔 술이 오갔다.

상만이 연석의 등을 토닥이며 말했다.

"고생했다."

상만 역시 사무실에서 서포트 역할을 하며 많은 고생을 했지만 희우와 연석이 얼마나 고생했을지 보지 않아도 알 수 있었다.

다시 그들은 한 잔씩 술을 목으로 넘겼다. 그런데 연석의 표정이 조금 좋지 않았다.

희우가 연석의 잔을 채우며 입을 열었다.

"표정이 왜 그래?"

"아까 그 여자애 생각이 나서요."

"여자애?"

"네."

여자애라는 말에 상만의 눈이 반짝였다.

"여자애는 뭐야? 예뻐?"

"고등학생이에요."

상만이 연석에게 눈을 흘기며 고개를 저었다.

"아서라, 범죄다. 앞에 변호사님 계신 거 안 보여? 이분이 옛날에는 나쁜 짓 하는 놈은 다 잡아가는 검사였어."

연석이 슬쩍 웃었다.

"그런 게 아니라, 꼭 예전의 저를 보는 것 같았어요."

희우가 연석에게 학생들을 집까지 데려다주라고 했을 때였다. 남학생을 보내고 여학생의 집으로 향할 때, 연석이 물었다.

"이런 일은 왜 하는 거야?"

여학생이 어이없다는 듯 연석을 바라봤다.

"돈이 필요하니까 하겠지요. 당연한 걸 왜 물어봐요?"

"돈이 왜 필요한데? 얼마나 필요한데?"

"……."

여학생은 한숨을 내쉬더니 고개를 저었다. 그리고 연석에게 말했다.

"잔소리할 거면 그냥 가세요. 저 혼자서도 갈 수 있어요."

연석은 머리를 긁적이며 지갑에서 돈을 꺼내 그녀의 앞으로 건넸다. 그가 지금 가지고 있는 돈 20만 원이었다. 그리고 입을 열었다.

"지금 내가 가진 돈은 이게 전부야. 가져."

"네?"

"나도 어릴 때 돈이 필요해서 나쁜 짓 많이 했거든. 비슷한 상황 같아서."

"네?"

"꼭 예전의 내 눈빛 같아."

그녀는 떨리는 눈으로 돈을 바라봤다.

그녀는 망설이고 있었다.

하지만 그 망설임은 오래가지 못했다. 자존심도 뭣도 필요 없다는 듯 그녀는 천천히 돈을 향해 손을 뻗었다. 그리고 조용히 입을 열었다.

"엄마가 병원에 있어요. 되게 상투적인 변명이죠?"

연석은 고개를 저었다.

"아니, 우리 엄마도 병원에 있었거든. 그래서 나도 나쁜 짓을 했고. 그런데 변호사님을 만나면서 내 인생이 바뀌었어. 그렇게 살면 안 된다고 알게 되었거든."

"아저씨는 무슨 나쁜 짓을 했는데요?"

"살인 빼고 다."

"……."

"나도 새로운 인생을 살게 되었는데 너도 그랬으면 좋겠다. 새로운 인생이라는 게 나쁘지는 않더라고."

여학생의 입에서 낮은 한숨이 새어 나왔다. 그녀가 나직이 입을 열었다.

"아까 전화번호, 그거 아저씨 거 맞아요?"

"응?"

"나중에 저도 새로운 인생을 살게 되면 전화드릴게요. 그러니까 번호 바꾸지 마세요."

그렇게 여학생은 그 말을 끝으로 달려갔다.

여학생이 들어간 집은 한눈에 봐도 허름한 집이었다.

그 집을 연석은 한참 동안 바라보고 있었다.

연석은 잠시 여학생과의 기억을 떠올렸으나 희우와 상만에게는 다른 이야기는 하지 않고 단순히 학생의 어머니가 병원에 있다는 말만 전했다.

희우가 술잔을 들어 마시며 입을 열었다.

"누구나 이유는 있어. 하지만 그렇다고 그 이유가 정당화될 수는 없어."

"저도 변호사님을 만나지 않았다면 정당화될 수 없는 삶을 살았겠죠?"

"아마도."

희우는 차갑게 단답형으로 답했다.

연석이 다시 희우에게 물었다.

"오늘 변호사님이랑 함께 다니면서 많은 생각을 했는데요. 저도 나쁜 사람을 잡고 좋은 일을 하고 싶어요. 어떤 게 있을까요?"

희우가 잔을 채우며 말했다.

"나쁜 사람을 잡고 싶다? 그럼 지금 네가 할 일은 공부야."

"……."

"남을 돕고 싶다? 남을 돕는 것도 너희 집 냉장고에 먹을 게 있을 때나 가능한 일이야. 일단 공부하고 직업을 갖고 힘

어게인
마이라이프
SEASON2

을 기르도록 해."

"……."

"그때까지 네가 지금 마음을 잊어버리고 있지 않다면 그다음은 자연스레 남을 돕고 좋은 일을 할 수 있을 거야."

희우의 말은 교과서적인 답이었지만 연석은 고개를 끄덕였다.

그런 그를 물끄러미 바라보고 있던 상만이 히죽 웃었다.

"이놈, 오늘 평소보다 말이 많은데요?"

희우가 다시 한 잔을 넘기며 상만의 말에 답했다.

"말이 많을 수밖에 없지. 연석이가 오늘 무슨 일을 했는지 알아?"

"어떤 일요?"

상만이 눈을 깜빡이자 희우가 말을 이어 갔다.

"오늘 윤수련 검사라는 사람과 같이 다녔거든. 그런데 검사 앞에서 노상 방뇨를 했어."

"헐."

"끝이 아니야. 검사가 옆에 앉아 있는데 과속하고. 아이고, 입으로 말하려면 한도 끝도 없다."

상만이 눈을 껌뻑이며 말했다.

"이름이 윤수련이면 여자 검사 아니에요? 그런데 그 앞에서 노상 방뇨를 했다고요?"

"응."

상만의 고개가 연석에게 빠르게 움직였다.

"너 미쳤어?"

연석은 상만의 고개보다 더 빠르게 고개를 저었다.

"하루 종일 화장실도 못 갔어요. 그래서 일부러 멀리까지 숨어서 볼일을 봤어요."

"야! 그래도 그렇지, 과속은 또 뭐야? 맞다. 너, 내 차로 운전했지? 과속 딱지 날아오면 네가 낼 거야?"

연석이 도와 달라는 눈빛으로 바라봤지만 희우는 모른 척 고기를 들어 상추에 올렸다. 그리고 말했다.

"상만이 네가 땅 보러 다닐 때 얼굴 닦는 수건 있지? 그걸로 재갈을 만들어서 술 취한 남자의 입에 물렸어."

"헐."

"검사님!"

연석은 당황했는지 희우를 변호사님이라고 부르지 않고 예전에 부르던 검사님이라고까지 불렀다.

하지만 희우는 도와줄 생각을 하지 않고 장난스러운 미소로 웃고 있을 뿐이었다.

불판에서는 고기가 지글지글 익어 가고 있었다.

다음 날.

늦은 오후가 되어서야 희우는 눈을 떴다.

숙취 때문인지 머리가 지끈거리고 입안이 바짝 말라 올 때, 아내가 희우의 앞에 물컵을 내밀었다.

"꿀물이야. 마셔."

"땡큐."

희우는 아내가 건네준 컵을 들어 마셨다.

조금이나마 갈증이 가시는 것 같았다.

희우가 침대에서 일어나며 아내를 바라봤다.

평소와 달리 차려입은 아내.

그녀를 보며 물었다.

"어디 가?"

"오빠가 잠시 보자고 해서."

그녀의 오빠는 천하 그룹 회장인 김용준이었다.

약 4년 전, 천하 그룹의 모든 비리를 떠안고 감옥에 갔던 김용준 회장. 그 당시 회장 대행을 했던 게 희우의 아내인 김 희아였다.

그녀는 김용준이 감옥에서 돌아오면 모든 것을 돌려주겠 다는 약속을 했고 그것을 지켰다. 그뿐만 아니라 가지고 있 는 지분의 대부분도 지휘 체계를 확고히 하기 위해 김용준에 게 넘기기까지 했다.

천하 그룹의 세 남매, 김용준, 김자혁, 김희아. 일이 저렇 게 되자 둘째 김자혁은 가지고 있던 회사의 계열 분리까지 감행하며 김용준, 김희아와 연을 끊었다. 그 때문에 김용준과 김희아가 각별한 사람이 된 것은 당연했다.

희우가 고개를 끄덕였다.

"형님에게 대신 안부 전해 줘."

"응, 여보는 오늘도 늦어?"

"잘 모르겠네. 오늘 연락이 올지, 아니면 내일 연락이 올지."

희우의 애매한 대답에 아내는 고개를 갸웃거린 후 다시 입을 열었다.

"식탁에 북엇국 끓여 뒀으니까 먹고 나가."

"그것도 땡큐."

외출하는 아내를 희우는 가만히 바라봤다.

회사의 대표가 된 김용준은 바쁜 일정 때문에 특별한 날이 아니면 만나기가 어려웠다.

그런데 무슨 일로 아내를 보자고 했을까?

희우의 눈은 생각에 빠진 채 아내가 떠나 닫힌 현관의 문을 바라보고 있었다.

희우는 더 이상의 생각을 멈추고 기지개를 펴며 식탁으로 걸어갔다.

아침까지 술을 마시고 온 남편에게 꿀물과 북엇국을 해 준 아내를 생각하니 자신도 모르게 입에 미소가 걸렸다.

희우가 밥을 먹고 있는데 핸드폰이 우우우웅, 걸려 왔다.

발신 번호는 윤수련 검사였다.

일러도 저녁에나 연락이 올 줄 알았는데 희우의 예상보다 조금 더 빨리 걸려 온 전화.

희우가 통화 버튼을 누르고 전화를 받았다.

"네, 김희우입니다."

－잠은 푹 주무셨나요?

"사건 잘 해결해 주실 거라 믿고 푹 잤습니다."

간단한 인사가 지나가고 윤수련이 말했다.

－저녁에 시간 되시나요? 제가 어제 철야해서 조금 일찍 퇴근해도 될 것 같거든요.

"좋습니다. 그럼 제가 지검 앞으로 가죠."

조금 일찍 퇴근해도 된다는 시간이 저녁 8시였다.

희우는 지검 근처의 한정식 집에서 윤수련과 마주 앉았다.

음식이 나오기 전, 윤수련이 입을 열었다.

"어제 일을 잠깐 설명해 드리면 다른 공범들이 술술 불어서 박치환은 빠져나갈 구멍이 없어졌습니다."

"잘됐군요."

"김진아가 술이 깬 후에 박치환과 일당이 자신을 살해하려 했다는 말을 듣고는 모든 정황을 숨기지 않고 밝히고 있는 중이에요."

"그것도 잘됐군요."

윤수련이 가만히 희우를 바라보다가 물었다.

"김진아에 대한 일은 아시나요?"

희우는 그녀가 무슨 말을 하는지 가만히 귀를 기울였다.

그녀가 말을 이었다.

"오늘 아침에 술이 깬 상태에서 취조하고 있는데 알아보니 꽤 불쌍한 사람이더라고요."

"네."

"대학을 다니려고 서울에 올라왔다가 박치환 일당과 만나 험한 일을 당했더라고요. 부모님은 아버지만 계신데 시골에서 김진아만 바라보며 농사를 짓고 계시고요."

알고 있는 이야기였다.

뻔한 이야기.

죄를 지은 죄인이 왜 죄인이 될 수밖에 없는지 말하는 변명들.

희우가 젓가락으로 음식을 집으며 말했다.

"새벽에도 연석이와 술을 마시며 비슷한 이야기를 했습니다. 죄인에게 이유는 있지만 그렇다고 그 이유가 정당화될 수는 없습니다. 감성적인 이야기에 흔들리신다면 검사 생활을 하면 안 되겠네요."

윤수련이 낮은 한숨을 내쉬며 고개를 끄덕였다.

"그건 그렇겠죠. 흔들리지 말고 죄만 바라봐라. 말은 쉬운데 행동하기는 어렵네요."

희우가 피식 웃었다.

"제왕 그룹의 천호령 회장도 변명할 게 무수히 많을 겁니다. 그 변명을 다 들어 주고 있을 건가요? 검사가 할 일은 법대로 하는 겁니다. 그게 끝이에요."

윤수련이 물끄러미 희우를 바라봤다.

"변호사님은 매우 차갑군요."

희우가 고개를 저었다.

"일을 할 때 머리는 차갑게 해야 하는 건 당연한 일 아닌가요? 그럼 약속대로 조사하고 계신 걸 저를 믿는 만큼만 공개해 주십시오. 밥 먹으면서 일 이야기하는 것은 체질에 안 맞아서, 먹기 전에 일합시다."

그녀는 가방에서 종이 하나를 꺼냈다. 그리고 희우에게 건네며 말했다.

"제왕 캐피탈입니다. 겉으로는 중소기업, 또는 벤처에 투자하는 것처럼 보이지만 그 속을 보면 기업 사냥꾼들입니다."

희우는 윤수련의 말을 들으며 종이에 적힌 내역을 읽어 갔다.

그녀가 계속 말했다.

"문제는 제왕 캐피탈의 하부 업체 중 '더블유 파이낸싱'이라는 곳입니다."

'더블유 파이낸싱'이라는 곳은 불법 대부 업체를 하고 있었다.

금리가 낮은 일본에서 자금줄을 끌어와 돈을 빌려주는 것.

희우가 물었다.

"일본에도 끈이 있다는 말일까요?"

"정황은 그렇게 보이는데 아직 밝혀진 것은 없네요. 일단

'더블유 파이낸싱'은 표면적으로 개인의 업체이지만 그 실체는 제왕 캐피탈의 더러운 일을 삼키는 하수구 같은 존재죠.”

"이 대부 업체를 이용해서 제왕 그룹은 중소기업의 기술을 빼 간다는 건가요?”

"네, 돈을 빌려준 업체 중에 좋은 기술을 보유하고 있는 곳이 이들의 타깃이 됩니다.”

"…….”

희우는 말없이 그녀가 건넨 종이를 넘겨 읽었다.

윤수련이 가만히 희우를 바라보다가 입을 열었다.

"더블유 파이낸싱을 잡을 수 있나요?”

"네.”

"네?”

희우가 아무렇지도 않게 대답하자 윤수련이 놀랐다.

그녀가 더듬더듬 입을 열었다.

"불법적인 곳을 가리고 있기 때문에 검찰에서도 함부로 움직일 수 없는 곳이에요. 그런데 변호사가 잡을 수 있다고요?”

"네, 잡죠. 이것부터 처리하면 되겠습니까?”

끄덕거리는 그녀.

자신도 모르게 그럴 수밖에 없었다.

어제 희우가 박치환을 잡으며 보여 준 능력은 그가 어떤 말을 해도 수긍할 수밖에 없게 만들었으니까.

잠시 정신을 차리지 못하던 그녀가 다시 입을 열었다.

어게인
마이라이프
SEASON2

"더블유 파이낸싱을 잡으면 일단 제왕에 흘러들어 가는 중소기업의 기술 유출은 막힙니다. 그러면 일시적으로 제왕 캐피탈이 존재할 가치가 사라지죠."

희우가 고개를 끄덕이며 말했다.

"그때 검사님은 제왕 캐피탈을 치겠다는 겁니까?"

"네, 제왕 그룹 수뇌부의 시선에서 잠시 벗어나 있다면 가능할 거라고 생각합니다."

희우가 고개를 저었다.

"불가능해요."

"……!"

"여기 적혀 있는 걸로 보면 제왕 캐피탈의 천호령 회장의 둘째 아들 천유성 사장의 것이나 다름없습니다."

"그런데요?"

"첫째 아들인 천지용이나 셋째인 천하민이라면 가치가 떨어진 것을 손에서 버리겠지만 천유성은 아니에요."

"……!"

"천유성은 자신이 가진 것을 절대 놓지 않아요."

희우의 단호한 말에 윤수련이 떨리는 목소리로 물었다.

"그럼 기회를 두고 가만히 놔두라는 말인가요?"

사실 그녀가 물어봤어야 하는 것은 희우가 어떻게 제왕 그룹 천호령 회장의 세 아들에 대한 성격을 잘 알고 있느냐 하는 것이었다.

하지만 지금은 제왕 캐피탈을 잡지 못한다는 말에 당황하여 그 생각을 하지 못했다.

　희우가 말했다.

　"더블유 파이낸싱을 잡고 그 이후에 제왕 캐피탈을 잡을 수 있는 기회. 그 기회는 제가 쓰죠."

　"네?"

　황당한 표정의 윤수련을 보며 희우가 슬쩍 웃으며 말을 이었다.

　"뭐, 그때 가서 자세히 말씀드리겠습니다. 어쨌든 이 일은 내게 맡기고 검사님은 제왕 그룹에 대한 조사를 더욱 빨리해 주십시오. 더 많이, 더 강한 것으로."

　"……."

　"도움이 필요하면 민수 선배에게 말하세요. 하는 행동은 이상하지만 믿을 수 있는 사람이니까요."

　그녀가 나직이 한숨을 쉬며 고개를 끄덕였다.

　"그렇게 하죠."

　그들의 대화가 끝났을 때, 미닫이문이 열리고 음식이 들어오기 시작했다.

　그렇게 식사를 마치고 윤수련 검사는 집을 향해 떠났다.

　거리를 걸어가는 그녀의 뒷모습을 희우는 가만히 바라봤다.

　그녀의 걸음은 흔들리고 있었다.

　술에 취해 흔들리는 게 아니라 자신의 신념 때문에 흔들리는 중이었다.

어제 여학생과 남학생을 풀어 주자고 했을 때 반대했던 그녀가 지금은 김진아의 감성적인 변명에 감정을 대입하고 있었다.

아마도 아버지라는 이름이 나오며 그녀를 뒤흔들고 있는 모양이었다.

제왕 그룹에 대한 이야기를 했을 때도 그녀의 눈빛은 계속해서 김진아의 일을 놓지 못하고 있었으니까.

가만히 그녀를 바라보던 희우가 나직이 입을 열었다.

"생각보다 나약해."

희우는 신발을 벗고 현관으로 들어섰다.

집에는 오빠를 만나러 간다던 아내가 돌아와 소파에 앉아 있었다.

아내가 들어오는 희우를 보며 소파에서 일어섰다.

"늦었네? 식사는 했어?"

희우가 고개를 끄덕였다.

"응, 먹고 들어왔어."

아내가 물끄러미 희우를 바라봤다. 그리고 말했다.

"혹시 변호사를 하고 있는 이유가 제왕 그룹을 잡으려고 하는 거야?”

“……..”

희우가 가만히 있자 아내가 잠깐 한숨을 내쉬었다가 고개를 젓기도 했다. 그리고 활짝 웃으며 입을 열었다.

“내가 오늘 오빠 만나고 왔잖아. 오빠한테 들었어. 오빠는 모임에 갔다가 들었다고 하고.”

세상에는 재벌 가문의 모임이 존재했다.

물론 언론에서 떠들어 사람들이 알고 있는 모임도 많았다.

하지만 지금 아내가 이야기하고 있는 것은 일반 사람들은 절대 알지 못하는 모임이었다. 그것은 공기업을 제외한 10대 그룹의 창업주 또는 직계 혈통을 가진 사람들만 들어갈 수 있는 ‘서발한’이라는 곳으로, IMF 시절 재벌 가문이 여러 가지 이유로 무너지자 그들끼리 똘똘 뭉쳐 정치적 외압을 이겨 내자는 의미에서 만들어진 모임이었다.

하지만 이것은 표면적인 이유에 불과했다.

그 안을 들여다보면 구역질 나는 행태가 많았다.

일단 ‘서발한’이라는 이름부터가 그 존재 가치를 알 수 있게 해 줬다.

‘서발한’은 신라 시대 관등 중 가장 높은 관등인 이벌찬의 다른 이름이었다.

‘서발한’이라는 관등에 올라가기 위해서는 실력의 유무가 아니라 성골, 즉 아버지와 어머니가 모두 왕족인 경우만 가능했다.

그들은 현대에도 신라 시대에 있던 계급이 지금도 존재한 다고 믿었다.

일반 서민으로 태어나서는 절대 올라갈 수 없는 위치. 그들은 바로 그 자리에 서 있었다.

희우의 아내가 말했다.

"거기서 제왕 그룹 대표로 나온 천유성 제왕 백화점 사장과 만났나 봐."

천유성 제왕 백화점 사장은 김용준 천하 그룹 회장에게 말했다.

-여동생 사위가 김희우 변호사 맞죠? 우리 그룹을 향해서 되도 않는 계란을 던지고 있는 것 같아요.

계란을 던진다는 말은 자신들은 바위와 같다는 말을 돌려 한 것이었다.

즉, 희우가 아무리 날뛰어 봤자 아무것도 할 수 없다는 말과도 같았다.

아내가 천유성의 말을 전해 주며 계속 말을 이었다.

"오빠가 도와줄 수 있는 것은 없다고, 조심하래."

희우가 슬쩍 웃었다.

처음부터 도움 받을 생각은 없었다.

아내에게는 미안하지만 싸움이 시작된 이상, 천하 그룹 김용준 회장도 언제 적으로 돌변할지 모른다고 생각했으니까.

그들은 모두 손잡고 있다. 그리고 '돈'이라는 것은 피를 나눈 형제지간에도, 부모와 자식 간에도 살인을 만들어 낼 수 있는 것이다.

희우가 고개를 끄덕였다.

"조심은 해야지."

희우의 씁쓸한 미소를 보며 아내가 다시 입을 열었다.

"난 당신이 그렇게 행동하는 모습이 좋아. 꼭 예전에 내가 반했을 때하고 똑같잖아?"

"반했을 때?"

"조태섭하고 싸울 때."

"그럼 지금은 안 반했어?"

"지금도 반했어."

희우가 웃으며 장난기로 가득한 목소리로 물었다.

"제왕 그룹과 싸우는 일이 재벌 전체를 건들지도 모른다는 건 알지?"

"……."

"도중에 천하 그룹이 무너져도 괜찮아?"

아내는 희우가 씻고 나온 후 물기를 닦을 수 있도록 수건을 준비하며 남편의 말에 답했다.

"잘못을 했으면 벌을 받아야지."

"……!"

"난 법을 수호하는 변호사의 아내 김희아야."

"하하, 말만 들어도 고맙네."

다음 날.

희우는 사무실에 있었다.

별다른 업무가 없었기에 윤수련이 말했던 제왕 캐피탈과 더블유 파이낸싱에 대해 검색하며 이것저것 알아보려 하고 있었다.

인터넷에 떠도는 '카더라'식의 소문은 근거가 없었지만 단 하나라도 놓치지 않기 위함이었다.

하지만 제왕 그룹 자체가 폐쇄적인 곳이고 제왕 캐피탈은 더욱 그러한 경향을 보이고 있으니 인터넷 검색을 통해 나오는 것은 없었다.

그때 사무실의 문이 '똑똑똑' 하고 울리더니 김지임 비서가 안으로 들어왔다.

김지임 비서가 희우의 책상 앞에 일련의 서류를 내려 뒀다.

"의뢰가 들어온 것입니다. 보시기 편하게 정리했습니다."

아무래도 희우는 국회의원까지 했기에 인지도가 있었다. 거기에 최근 연예인 정지석의 사건까지 해결하며 주가는 더욱 올라가 있었다.

희우의 앞에는 수북이 많은 의뢰 서류가 쌓였다.

모니터로 무엇인가를 읽는 걸 불편해 하는 희우를 위해 김지임 비서가 일일이 프린터를 하고 정리해 둔 서류들이었다.

김지임 비서가 고개를 숙이고 사무실 밖으로 떠났다.

희우는 의자에 앉아 그녀가 가지고 온 서류를 훑어보기 시작했다.

그런데 서류를 보니 붉은색 펜으로 체크해 둔 것이 몇 개 눈에 들어왔다.

희우는 전화를 들어 김지임 비서에게 연락했다.

"여기 체크해 둔 곳은 뭔가요?"

—어제 강민석 변호사님께서 먼저 보셨는데 그때 체크해 두신 것 같습니다.

전화를 끊은 희우는 강민석 변호사가 체크해 둔 것을 뽑아 먼저 읽어 내려갔다.

대충 훑어봐도 어려운 사람들의 소송이었다.

희우는 서류를 챙겨 책상 구석으로 가지런히 모아 둔 뒤 자리에서 일어나 사무실을 빠져나갔다. 강민석 변호사의 방으로 가기 위함이었다.

희우가 강민석 변호사의 사무실로 들어갔을 때, 강민석 변호사는 방에서 한창 일하고 있었다.

"어쩐 일이야?"

어게인
마이라이프
SEASON 2

그는 환하게 웃으며 희우를 맞이했다.

"차 한잔 마시려고 왔어요."

"하하, 난 네가 그렇게 불쑥 찾아오면 무서운 거 알아?"

희우는 멋쩍게 머리를 긁적였다.

고등학교 시절부터 강민석 변호사에게는 많은 도움을 받았다. 불쑥 찾아와 사건을 해결해 달라고, 투자하는 데 도움을 달라고 부탁했다.

희우와 강민석 변호사가 테이블을 앞에 두고 소파에 마주 앉았다.

비서가 가지고 온 차를 들어 마시며 강민석 변호사가 입을 열었다.

"너, 그저께 에스 로펌이랑 붙었다며?"

희우가 그걸 어떻게 알았냐는 표정으로 강민석 변호사를 바라봤다.

강민석 변호사는 어깨를 으쓱거리며 말을 이었다.

"어제 연락 왔었어, 에스 로펌의 허구성 변호사한테. 그 사람 의뢰인이 네 덕에 구속 수사 받고 있다며?"

뒷말은 듣지 않아도 알 수 있을 것 같았다. 같은 일을 하는데 방해하지 마라 같은 이야기를 했을 것이다.

희우가 고개를 끄덕이며 말했다.

"죄인이니까요."

"잘했어."

"······!"

희우는 강민석 변호사가 다른 로펌과는 일 외적으로 부딪치지 말라는 말을 할 줄 알았다. 하지만 강민석 변호사는 진심으로 잘했다는 말을 하고 있었다.

희우가 물끄러미 바라보자 강민석 변호사가 활짝 웃으며 말을 이었다.

"말했잖아, 넌 내 대리만족이라고. 나도 이렇게 사람 좋은 척하지만 이런 대규모 로펌을 이끌어 가면서 깨끗한 일만 할 수 있나? 맡고 싶지 않은 사건도 맡아 돈을 벌어야 하는 입장이잖아."

"······."

"넌 네가 하고 싶은 대로 해. 진짜 법조인이 되어 보란 말이야."

강민석 변호사의 말에 희우가 슬쩍 웃었다.

"듣기만 해도 감사합니다."

"하지만 에스 로펌은 조심해야 해. 들어 보니까 그저께 사건은 현장에서 잡힌 살인 교사 사건이라 조용한 것 같은데 다른 이권이 개입되어 있는 사건이었다면 쉽게 넘어가지 않았을 거야."

"······."

"아무래도 에스 로펌은 대기업이나 정치인들과 깊은 관계를 맺고 있는 사람들이니까."

어게인
마이라이프
SEASON2

강민석 변호사의 말에 희우가 장난스럽게 웃으며 말했다.

"대기업이나 정치인과 깊은 관계요? 그런 걸로 따지면 제가 더 깊은 관계일걸요?"

희우가 웃은 의미를 알았는지 강민석 변호사가 손뼉까지 치며 크게 웃기 시작했다.

"아, 미안. 네가 정치인이었고 제수씨가 천하 그룹 회장님의 동생이지? 하하하하하."

강민석 변호사의 방을 빠져나온 희우는 밖으로 나섰다.

상만과 약속이 되어 있었다.

건물 밖으로 나온 희우의 걸음이 잠시 멈췄다. 그리고 뒤로 돌아 KMS 건물을 올려다봤다.

강민석 변호사는 에스 로펌과 사이가 틀어지더라도 상관없으니 마음대로 행동하라는 응원을 해 줬다.

강민석 변호사를 생각하던 희우의 눈은 어제 아내와 대화를 하던 때를 바라보고 있었다.

아내는 희우가 제왕 그룹과 싸우며 오빠가 사이가 틀어질 수 있는 걸 알면서도 해 보라고 했다.

가까운 사람들이 주는 용기.

그것은 한 걸음 더 걸어 나갈 수 있는 힘을 만들어 주고 있었다.

희우가 슬쩍 웃으며 고개를 저었다.

"다들 고마워서 미안하게 만드네."

잠시 후, 상만의 사무실 앞 커피숍.

희우의 앞에는 상만이 앉아 있었다.

입을 쭉 내밀고 있는 상만을 보며 희우가 물었다.

"왜 그러고 있어?"

"또 뭐 시키려고 그러시는 거죠?"

"응, 어떻게 알았어?"

상만이 툴툴거리기 시작했다.

"제가 얼마나 바쁜지 아세요? 부동산 흐름도 확인해야 하고, 경매임장에도 가야 하고, 권리분석도 해야 하고, 또 그게 돈이 남을지 안 남을지 생각도 해야 하고……."

상만의 말이 한참이 이어졌다.

그 말이 모두 끝난 후 희우가 입을 열었다.

"지금 가지고 있는 부동산 모두 처분하고 강남 쪽으로 몰아넣어. 재건축 아파트 위주로."

"네? 재건축 아파트요?"

희우가 고개를 끄덕였다.

"응, 다 팔고 사. 제왕 그룹 신사옥이 올라가는 곳 주변에 있는 재건축 아파트는 팔지 말고."

"다른 곳은 다 팔아서 강남 쪽 재건축 아파트를 사고 제왕 그룹 신사옥이 들어서는 곳은 팔지 말라고요?"

"응."

상만의 입꼬리에 비웃음이 가득해졌다.

"사장님, 시장을 떠난 지 오래되셔서 잘 모르시나 본데요, 지금 재건축 아파트 돈 안 돼요. 지금 상승하는 건 일시적일 거예요. 2007년 말부터 시작된 부동산 경기 흐름이 바닥 치고 살짝 올라온 정도예요. 경기도 김포나 하남, 동탄 쪽에 미분양 아파트가 얼마나 많은지 아세요? 서울을 둘러서 신도시가 세워지고 있어요. 그 물량을 소화하려면 힘들 겁니다."

한참을 이야기한 상만을 보며 희우가 말했다.

"내 말 들어서 손해 본 적 있어?"

"아뇨."

"사."

"네."

"이제 네가 돈 벌어야 할 시간은 내가 줄여 줬지?"

상만이 미간을 찌푸렸다.

"아니, 그게 무슨 말씀이세요?"

"재건축 아파트가 오를 거야. 지금 네가 이리 뛰고 저리 뛰어 다니는 것보다 많은 돈을 벌게 해 줄 거니까 직원들 시켜서 묻어 둬."

상만이 입을 삐죽 내밀고 희우를 바라봤다.

그런 상만을 보며 희우가 입을 열었다.

"사."

"네, 알겠습니다. 따라야죠. 그래, 시키실 일은 뭡니까?"

이렇게 툴툴거린다고 해도 결국은 믿음직스럽게 일을 처리할 상만이었다.

희우가 입을 열었다.

"삼성동에 가면 더블유 파이낸싱이라는 이름의 회사가 있어."

상만이 눈을 껌뻑였다.

"파이낸싱요? 사채 아니에요?"

"맞아."

"돈을 빌리라는 건가요?"

희우는 고개를 저었다. 그리고 말했다.

"그쪽에 가서 쩐주를 할 수 없느냐고 물어봐."

상만이 머리를 긁적였다.

"뭘 하려고 하시는 건데요?"

"제왕 그룹에 들어가려고 해."

"제왕 그룹요?"

상만이 고개를 갸웃거렸다. 지금 그는 희우가 하는 말이 무엇인지 도저히 이해할 수 없었다.

희우가 말했다.

"자세한 건 나중에 이야기하기로 하고."

희우는 상만에게 어떻게 움직여야 할지, 무엇을 조사해 와야 할지, 가서 어떤 이야기를 하고 와야 할지 자세히 설명한 후 자리에서 일어섰다.

그리고 차량에 올라타서 안산 반월 공단으로 향했다.

반월 공단의 한 블록으로 들어가자 유벤이라는 이름의 간판이 큼직하게 보였다.

유벤은 대기업으로부터 하청을 받아 스마트폰의 액정을 만들어 파는 회사였다.

희우는 차량에서 내리지 않고 공장을 지켜봤다.

경비실이 있고 규모는 2천 평이 넘어 보이는 큰 공장이었다.

오후 5시가 지나자 저녁 일을 하기 위해 들어오는 사람들이 안으로 향했고, 6시가 지나자 퇴근하는 사람들이 쏟아져 나왔다.

공장의 건너편 길에 주차해 두고 안을 바라보고 있는 희우. 그의 시선은 주차장 안쪽에 있는 승용차에 멈춰 있었다.

승용차의 뒤쪽 벽에 '대표'라고 적혀 있는 걸 보니 이 공장 사장이 주차하는 자리였다. 적지 않은 규모의 공장을 가진 사장이었지만 차량은 소박했다.

희우는 조금 더 시간이 지난 후 시계를 들여다봤다.

7시.

아직 사장의 차량은 움직이지 않고 그대로 있었다.

퇴근하지 않았든가, 아니면 다른 차를 타고 떠났다는 것.

그때 '우웅' 하고 핸드폰이 울렸다.

강민석 변호사였다.

"네, 변호사님."

-어디야? 일 없으면 술 한잔하자.

"일하고 있어요."

-응? 어디서? 너 지금 수임받은 거 없잖아.

"영업하러 왔어요."

-영업?

강민석 변호사는 한동안 말이 없었다.

지금은 변호사가 영업을 뛰어야 하는 시대다.

하지만 KMS는 꽤 큰 로펌이라 아직까지는 영업하러 다닐 필요가 없는데…….

강민석 변호사가 다시 물었다.

-어딘데? 무슨 영업이야?

"안산에 반월 공단이에요. 여기 문제가 조금 있어서 해결해 보려고 합니다."

강민석 변호사는 사무실에 들어오면 이야기하자는 말을 하고 전화를 끊었다.

잠시 후, 희우는 다시 시간을 확인했다.

8시.

아직까지 사장의 차는 그대로 있었다. 그리고 공장은 야간 일을 하는 사람들로 인해 여전히 불이 밝혀져 있었다.

잠시 후 또 핸드폰이 진동을 울렸다.

상만이었다.

-사장님, 알아봤습니다. 여기 파이낸싱 대표가 김도현이

라는 사람인데요. 꽤 큰 자금을 굴리는데요?

"그래? 그럼 더 많은 자금을 굴리는 척 허세 잔뜩 부리는 걸로 해."

-네, 알겠습니다.

희우는 전화를 끊었다.

다시 희우의 눈은 사장의 차를 지켜보기 시작했다.

퇴근하지 않았다면 낮 근무를 하는 직원들이 집에 갔음에도 불구하고 계속해서 남아 있는 열심히 하는 사장이었다.

희우는 가방에서 서류를 꺼내 회사를 확인했다.

유벤은 꽤 건실한 회사다.

연간 순이익을 수십억씩 내는 괜찮은 회사.

하지만 이 회사는 곧 사라지게 된다.

희우의 눈이 과거와 현재를 오가기 시작했다.

윤수련이 조사했던 것과 과거에 희우가 알고 있는 사실이 합쳐지는 중이었다.

그리고 희우의 눈은 더블유 파이낸싱으로 옮겨 갔다.

대표의 이름은 김도현.

하지만 그는 바지 사장일 뿐이다.

그 뒤의 실체를 보면 김도현의 뒤에 최석호라는 이름의 진짜 쩐주가 따로 있었다.

그리고 최석호의 뒤에는 제왕 그룹이 운영하고 있는 제왕 캐피탈이 버티고 있었다. 제왕 캐피탈의 최대 주주는 둘째 천유성이었다.

희우는 잠시 현재를 짚은 후에 과거의 일을 더듬기 시작했다.

중소기업은 알짜배기 회사라고 해도 항상 돈이 부족한 곳이다.

최석호는 그 점을 파고들었다. 그는 중소기업에 돈이 떨어질 즈음 이런저런 이유를 대며 자금을 모두 회수해 버렸다.

순식간에 돈이 떨어진 회사는 그야말로 빈 깡통 신세.

그렇게 되면 그것을 꿀꺽해 버리는 게 최석호의 일이었다.

즉, 돈을 가지고 기업에 대출하여 피를 뽑아 먹는 모기 같은 존재였다.

과거의 일을 돌아보면 최석호는 검찰 조사를 받지 않았다.

그는 회사를 인수했어도 공식 직함은 절대 갖지 않았기에 검찰의 눈에 띠지 않았다.

하지만 윤수련은 최석호라는 이름까지 파악하여 조사하고 있었다.

지금까지 최석호가 먹은 회사는 두 개.

유벤은 아직 작업 중인 회사였다.

앞으로 더 피해가 일어나기 전에 막아야 한다.

생각을 이어 가던 희우는 시계를 바라봤다.

밤 9시.

아직까지도 사장의 차는 그 자리에 그대로 있었다.

'아직까지 퇴근을 안 했다?'

물론 다른 차를 타고 퇴근했을 수도 있다.

하지만 지금까지 퇴근하지 않았다면 그는 회사에 많은 애착이 있는 사람일 가능성이 높다.

자신의 회사를 지키기 위해 무슨 일이라도 할 수 있는 사람. 희우에게는 그런 사람이 필요했다.

희우는 천천히 차에서 내려 경비실 앞으로 걸어갔다.

경비실 안을 들여다보자 나이가 지긋한 경비가 고개를 흔들며 눈을 감고 있었다.

똑똑똑.

창문을 두들기자 화들짝 놀라는 경비가 주변을 두리번거리더니 희우를 바라봤다.

"무슨 일이세요?"

"아, 더블유 파이낸싱 때문에 왔습니다. 사장님 계신가요?"

경비가 더블유 파이낸싱이라는 말을 들어 봤을 리 없다.

그는 고개를 갸웃하더니 어디론가 전화를 걸었다.

"저기, 더블유 파이 무시기 때문에 오셨다는데요."

전화를 끊은 경비가 희우를 보며 고개를 끄덕였다.

"들어가 보세요."

"네, 감사합니다."

경비는 서랍에서 안경을 꺼내 쓰며 희우의 뒷모습을 바라봤다.

"어디서 많이 본 거 같은디."

경비가 보지 못하는 희우의 앞모습. 그는 미소 짓고 있었다.

무슨 일을 하고 있는지는 모르지만 유벤의 사장은 아직 퇴근하고 있지 않았다는 말. 그것은 희우가 앞에 세울 사람에 어울린다는 뜻이었다.

잠시 후, 희우는 사장실에 앉아 있었다.

밖에 주차되어 있는 자동차와 마찬가지로 사장실 역시 화려하거나 하지 않았다.

깔끔하게 정돈되어 있다는 느낌이 들 뿐이었다.

희우가 앉아 있는 소파 역시 고급 가죽으로 만들어진 소파가 아니라 인조 가죽의 소파였다.

사장이 직접 믹스 커피를 타서 테이블에 놓으며 희우를 바라봤다. 그리고 고개를 갸웃거리며 물었다.

"죄송하지만, 혹시 김희우 변호사님 아니세요?"

"맞습니다."

"그런데 더블유 파이낸싱이랑은 무슨 일로……."

파이낸싱에서 왔다고 들었는데 뜬금없이 희우가 나타나자 사장은 조금 이상했는지 말끝을 흐리며 물었다.

사장이 맞은편 소파에 앉자 희우가 입을 열었다.

"일단 이걸 보시죠."

희우는 가방에서 서류를 꺼내 사장의 앞에 건넸다.

안경을 고쳐 쓴 사장이 희우가 건넨 종이를 받아 들었다.

"……!"

사장의 얼굴에는 느낌표밖에 새겨지지 않았다.

잠시 눈을 껌뻑인 사장이 희우를 보며 물었다.

"이…… 이게 뭔가요?"

"앞서 더블유 파이낸싱에서 대출받은 회사들의 결과입니다. 지금 대출을 받으신 지 한 달이 되었죠?"

"네? 네."

"앞으로 약 두 달이 정도 지나면 파이낸싱에서는 자금 압박해 올 겁니다."

사장의 눈은 다시 서류에 가 있었다.

그의 입에서는 한숨이 흘렀다가 말았다가 착잡한 소리만 들렸다.

사장은 서류를 테이블에 내려놓으며 입을 열었다.

"이게 믿을 만한 건가요? 우리는 계약에 어긋날 일을 하지 않았는데요."

"사장님이 작성한 계약서는 누가 해석하느냐에 따라 달라질 수도 있으니까요."

"허, 참."

사장은 못마땅한 표정으로 희우를 바라봤다.

희우가 일반 변호사였다면 이런 서류를 가지고 왔다고 해도 조금 받아 주는 척 말을 하다가 내쳤을 것이었다.

하지만 국회의원이었던 사람이 뜬금없이 이런 서류를 가지고 왔는데 이유가 없을 리 없다.

희우는 자신이 가지고 온 서류 중 하나를 꺼내 가장 위에 올렸다. 그리고 말했다.

"사장님도 이 계약서를 쓰셨죠?"

"……."

희우는 계약서의 한 곳, 한 곳을 손가락으로 짚으며 말을 이었다.

"유벤은 기술 개발을 위해 최선을 다한다. 그런데 최선을 다한다는 걸 어떻게 증명하실 거죠?"

"네?"

희우는 계속해서 계약서의 애매한 부분을 짚어 설명을 이어 갔다. 그리고 다시 소파에 등을 기대며 계속해서 말했다.

"더블유 파이낸싱 대표의 이름은 김도현이죠. 하지만 김도현 씨는 바지 사장입니다. 그 뒤에는 최석호라는 쩐주가 있습니다."

"쩐주요?"

"네, 대부 업체를 가장한 기업 사냥꾼이지요."

"……."

"사장님께서 지금까지 이루어 온 회사와 기술을 한순간에 빼앗기게 될 겁니다."

사장의 입에서 깊은 한숨이 흘러나왔다. 그는 머리를 긁적였다.

그를 보며 희우가 말을 이었다.

"혹시 새로운 기술을 준비하고 있나요?"

"네?"

"기업 사냥꾼들이 그런 냄새는 기가 막히게 잘 맡으니까요."

사장은 고개를 끄덕였다.

"네, 거의 상용화 단계까지 왔습니다."

"그 기술을 노리고 있겠네요."

사장이 한숨을 내쉬었다.

"그런데 어떻게 합니까? 이미 투자를 받았고 투자금은 써버렸습니다. 할 수 있는 방법이 없습니다. 우리 회사는 현금이 없으니까요."

희우가 고개를 저었다. 그리고 말했다.

"있습니다."

"네? 뭐가 있을까요?"

희우는 가방에서 다른 서류 하나를 꺼내 테이블에 올려뒀다.

"파주에 임야를 하나 가지고 계시더라고요."

"······!"

사장은 어떻게 알았냐는 표정으로 희우를 바라봤다.

"등기부 등본은 누구나 뗄 수 있어서 죄송하지만 사장님의 자산을 조금 조사해 봤습니다."

사장이 손을 내저었다.

"그런데 그 땅은 팔아 봤자 몇 억 안 나옵니다. 아니, 살 사람도 없을 겁니다. 사실 파이낸싱이 아니라 은행에 대출받으려고 갔어요. 그런데 그 땅은 은행에서도 대출해 주기를 꺼리던데요?"

희우가 고개를 저었다. 그리고 입을 열었다.

"이 땅을 파이낸싱에 넘기세요."

"네? 파이낸싱과 계약한 담보는 우리 회사로 잡혀 있는데요?"

"계약서는 신경 쓰지 마시고, 이 땅을 비싸게 넘기시면 됩니다."

"어…… 얼마나 비싸게요?"

"300억을 생각하고 있습니다."

"……!"

사장은 못미더운 표정으로 희우를 바라봤다.

누가 저런 땅을 300억에 사려고 할까?

희우가 입을 열었다.

"제가 시키는 대로 하시면 됩니다. 그럼 사장님에게는 아무 해도 없을 겁니다."

사장이 머리를 긁적였다. 그리고 물었다.

"저기, 솔직히 여쭤 보겠습니다. 저도 사업하다 보니까 느낀 게 있어서요. 사람이라는 게 자신에게 이득 될 게 없는데 도와주겠다고 나서지는 않지 않습니까? 이렇게 하면 변호사님께는 뭐가 남습니까?"

"300억에 판다고 했을 때 투자받은 돈을 제하면 200억 정도 되나요? 그 절반을 주십시오."

"……."

"사장님에게 손해가 발생하는 제의는 아닐 겁니다."

사장은 허탈한 미소를 지었다. 그리고 고개를 끄덕였다.

"변호사님 말씀대로 하겠습니다. 그런데 조금 아쉽네요."

"뭐가요?"

뭐가 아쉽다는 것인지 희우는 그의 말을 이해하지 못했다.

사장이 가만히 희우를 보며 입을 열었다.

"변호사님이 국회에 있을 때, '그래도 우리나라에 좋은 의원이 생겼구나.' 하고 지지했거든요. 젊은 분이 나이 많은 사람들이 하지 못하는 일을 하고 있으니 꽤나 멋있었어요."

사장의 말은 그렇게 멋있던 국회의원이 돈 100억을 만들어 내기 위해 이런 일을 한다는 게 아쉽다는 뜻이었다.

그의 말에 희우의 표정에도 조금 아쉬움의 빛이 돌았다.

희우가 그에게 말했다.

"선과 악을 나누는 기준이 있을까요? 옳다고 믿는 걸 향해 걸어갈 뿐이죠. 제가 돈을 벌려는 이유가 부유해지기 위해서가 아니라는 것만은 알아주십시오."

희우의 눈에는 진심이 묻어 있었다. 그의 눈빛에 서린 감정을 본 사장이 조금 미소 지었다.

"그럼 우리 중소기업을 도와주시려는 것으로 생각하면 될까요?"

희우가 어깨를 살짝 올렸다.

"그렇게 생각하시면 감사하겠네요."

희우는 사장에게 앞으로 해야 할 일에 대해 이야기한 후 밖으로 나왔다.

이미 시간은 밤 11시가 지나가고 있었다.

새벽 1시.

그 시간이 되어서야 유벤의 사장은 초췌한 표정으로 건물에서 빠져나왔다.

그는 차량에 오르기 전 불이 밝혀진 공장을 바라봤다. 그리고 그의 시선이 연구실로 향했다. 연구실 역시 불이 꺼지지 않았다.

그의 입에서 작게 한숨이 내쉬어졌다.

연구실의 직원들 역시 새벽에 출근하여 지금도 일하고 있는 사람들이었다.

저런 사람들의 일자리를 더블유 파이낸싱이라는 이름의 사채업자들이 빼앗아 가려 한다니 꽉 쥐인 그의 주먹이 작게 떨려 왔다.

사장은 차량에 올라타려고 하던 몸을 돌렸다.

유벤 연구실. 늦은 시각임에도 불구하고 열기는 뜨거웠다. 그곳의 문이 벌컥 열렸다. 갑작스레 열린 문에 다섯 명의 연구원들이 고개를 돌려 보자 사장이 치킨이 들어 있는 비닐 봉지를 들고 서 있었다.

사장이 말했다.

"야근에는 치킨 아닌가?"

"하하, 야근에는 치킨이죠."

연구원들은 약간은 애틋한 표정으로 사장을 바라봤다.

그들은 사장을 진심으로 존경하고 있었다.

이공계 출신의 사장.

연구에 대해 물심양면으로 지원하는 것은 물론이고 항상 어려운 일, 험한 일은 자신이 먼저 하려고 하는 사람이니까.

그리고 자신들의 월급을 주기 위해 집까지 담보로 잡혔다는 걸 알고 있으니까.

사장이 치킨을 적당히 비워져 있는 테이블에 올리며 말했다.

"치킨 먹고 일해. 늦게까지 고생이 많아. 자네들이 우리 회사의 버팀목이야."

사장의 말에 가장 앞에 있던 연구원이 웃으며 고개를 끄덕였다.

"하하, 네. 그런데 아직도 퇴근 안 하셨어요?"

"자네들이 퇴근하지 않았는데, 사장이 돼서 어떻게 퇴근하나?"

"사장님이 퇴근하시지 않으니까 저희도 이렇게 퇴근 못 하고 있는 거죠."

연구원의 장난스러운 말. 하지만 사장은 뜨끔했다.

"내가 퇴근 안 해서 못 하고 있던 거야? 아이고, 내 정신 좀 봐. 제일 나쁜 사장이 되어 버렸네."

연구원이 고개를 저었다.

"아니에요. 하루빨리 완성해야 해서 조금 늦게까지 일하기로 했어요. 저희도 이제 퇴근하기로 했으니까 걱정 말고 먼저 들어가세요."

사장은 그제야 연구실에서 나와 집으로 향했다.

집에 도착한 것은 새벽 2시.

안산의 외곽에 있는 아파트였다.

사장은 가족들이 잠을 깰까 조심스레 문을 열고 안으로 들어갔다. 그리고 냉장고를 열어 물을 한 잔 마실 때, 문이 열리고 아내가 나왔다.

"이제 왔어요?"

"응, 안 잤어?"

"자다가 깼어요. 밥은 먹었어요?"

"먹었지."

"야채 즙이라도 드실래요?"

새벽 2시였지만 워낙 식사를 거르고 다니는 적이 많았기에 하는 말이었다. 그리고 사장은 오늘 역시 식사하지 않았다.

연구 성과를 검토하고 경영해야 하는 일은 쉽지 않으니까.

어게인
마이라이프
SEASON2

사장이 고개를 끄덕였다.

"줘. 한 잔 먹고 자야겠어."

사장의 아내가 야채 즙을 준비하기 시작하자 잠시 바라보
던 사장이 입을 열었다.

"동우는?"

"자요."

동우는 고 3이 된 아들의 이름이었다.

내년에 대학에 들어간다고 공부를 하는데 말썽 한번 부리
지 않고 잘 크고 있는 자식이니 안 예쁠 수가 없었다.

사장은 거실의 소파에 앉으며 작게 한숨을 내쉬었다.

희우에게 들은 더블유 파이낸싱의 일이 마음에 걸리지 않
을 수 없었다.

하지만 이럴 때일수록 힘을 내야 한다.

그는 경영자. 경영자가 잘못하면 수많은 사람들이 실업자
가 되어 거리로 내몰릴 수 있다는 걸 알고 있었다.

아내가 야채 즙이 들어 있는 컵을 테이블에 놓자 사장이
입을 열었다.

"조금만 더 고생하면 될 거야. 신기술 개발이 얼마 남지
않았어. 월급 주느라고 집을 담보로 대출받은 것도 그때는
갚을 수 있을 거야. 대기업에서도 좋다고, 기대해 본다고 했
으니까."

아내는 말없이 남편의 말을 들어 줬다.

언제나 그런 사람이었다.

사장은 회사, 연구, 가족밖에 모르는 남자였다.

그러나 더블유 파이낸싱은 그런 남자가 지키고자 하는 회사를 노리고 있었다.

그 시각.

더블유 파이낸싱의 실질적인 대표 최석호. 그는 고급 요정에서 무릎을 꿇고 절을 하듯 몸을 낮추고 있었다.

그의 앞에는 천호령 회장의 둘째 아들 천유성이 거만한 표정으로 앉아 최석호를 내리깔아 보고 있었다.

천유성이 그에게 술을 따르자 최석호는 두 손을 모아 감격스러운 표정을 지어 내며 술잔을 받아 몸을 틀어 마셨다. 그리고 다시 몸을 낮췄다.

천유성이 물었다.

"읊어 봐."

"먼저 유벤이라는 회사가 있습니다."

최석호는 유벤에 대해 머리를 조아린 상태로 브리핑을 하기 시작했다.

매출과 순익 등의 재무 관련부터 앞으로의 성장성까지 이야기를 마친 그가 말을 이었다.

"조사해 본 결과, 투자금은 거의 소진했고 다시 대출받으려고 전전긍긍하고 다닌다고 합니다."

"가치는 얼마나 되지?"

"지금은 300억 매출에 수십억의 이익을 얻고 있습니다. 신기술이 개발되면 그 가치는 상상할 수 없을 겁니다."

지금까지 무표정하게 있던 천유성의 얼굴에 처음으로 희미하게 미소가 떠올랐다.

"제왕의 계열사가 된다면 그 가치가 더 커지겠군."

"네, 그럴 것으로 보입니다."

"마음에 들어."

뺏어 오라는 말, 간단한 말이었다.

힘 있고 돈 있는 강자에게는 간단한 말.

그리고 최석호 역시 간단하게 대답했다.

"네."

회사 하나를 좌지우지하는데 여러 말은 필요 없었다.

하지만 이 말을 유벤의 사장이 직접 들었다면 날벼락을 맞은 기분일 것이다.

최석호가 말을 이었다.

"다음으로 신에너지가 미래 산업의 주를 이룰 것 같아 베터리 회사를 중심으로 찾아보고 있습니다."

최석호는 열심히 이야기했다.

하지만 그의 설명이 끝나자 천유성은 만족스럽지 못한 표정으로 그를 노려보고 있었다.

"그게 끝인가?"

"죄송합니다."

천유성은 여전히 못마땅한 표정을 풀지 않고 술잔을 들어 올려 마셨다. 최석호는 아직까지 고개를 들지 못하고 쩔쩔 매는 중이었다.

천유성이 슬쩍 그를 보며 말했다.

"나가 봐."

"네, 알겠습니다."

최석호는 고개를 숙이고 한껏 긴장한 채로 미닫이문을 열고 밖으로 나갔다.

그가 떠나자 천유성은 술병을 들어 술잔을 채웠다.

그때 다시 미닫이문이 열리고 한 남자가 들어왔다.

그는 천유성의 보좌관이었다.

고개를 숙여 인사한 보좌관이 천유성에게 말했다.

"최석호 같은 인간과는 가까이하지 않으시는 게 좋지 않을까요?"

천유성은 고개를 저었다.

"그런 건 내가 결정해. 쓸데없는 잔소리 할 거면 앉아서 술이나 마셔."

"네, 죄송합니다."

천유성은 술잔을 들어 마시며 가만히 앉아 있을 뿐이었다.

그의 눈에는 천호령 회장의 사후가 보이고 있었다.

천호령 회장은 살아생전에 후계 자리를 만들지 못할 것이다.

적어도 천유성은 그렇게 생각하고 있었다.

그럼 그 뒤의 싸움에 유리해지려면 어떻게 해야 할까?

최대한 많은 돈과 권력, 기술을 가지고 있어야 한다.

제왕 그룹의 대주주들에게 자신의 경영 능력을 보여 줘야 한다.

그러기 위해서 손에 대신 피를 묻혀 줄 최석호 같은 인간이 필요했다.

며칠 후.

희우는 상만과 함께 앉아 있었다. 상만의 옆에는 여섯 명의 남자들이 서 있었다.

희우가 물었다.

"이분들이야?"

"네."

희우가 고개를 끄덕였다. 그리고 자리에서 일어나 사람들을 훑어보며 상만에게 말했다.

"잘했어."

남자들은 모두 와이셔츠를 입고 영락없는 회사원의 모습

을 하고 있었다.

희우가 남자들의 앞을 오가며 입을 열었다.

"팔 걷도록 하세요. 넥타이는 굳이 매지 않아도 됩니다. 그리고 그쪽 분은 이발 좀 해야겠네요. 회사원이라면 그런 머리는 좋지 않습니다."

희우는 한 사람, 한 사람을 보며 해야 할 일을 지시했다. 그리고 마지막으로 손뼉을 치며 입을 열었다.

"자, 지금부터 좋은 연기 해 주시기를 바랍니다."

"네!"

남자들이 떠났다.

고개를 갸웃거리고 있던 상만이 희우에게 물었다.

"그런데 이런 방법이 통할까요?"

"응."

"왜요?"

"욕심이 많으니까."

"욕심요?"

"욕심이라는 놈은 눈을 멀게 하지. 귀를 닫게 하고. 그래서 오로지 욕심을 따라 움직일 수밖에 없게 돼."

희우가 커피 잔을 들어 마신 후 품에서 시계 하나를 꺼내 상만에게 건넸다.

금장으로 된 꽤 고급스럽게 보이는 시계였다.

시계를 받아 든 상만이 눈을 크게 뜨고 이리저리 살펴봤다. 그리고 희우를 향해 물었다.

"이게 뭐예요? 되게 비싸 보이는데요?"

"김도현 만나러 갈 때 쓰도록 해. 옷깃에서 살짝 보일 수 있게만 해."

상만은 희우의 말을 듣는지 마는지 시계만 이리저리 돌려보다가 다시 물었다.

"이…… 이거 얼마짜리예요?"

"1천만 원."

"네? 1천만 원요?"

"오다가 길가에서 샀어."

상만은 지금 희우가 하는 말이 뭔 말인지 이해할 수가 없었다. 1천만 원이라고 하더니 길가에서 샀다는 말이 애당초 앞뒤가 맞지 않으니까.

멍한 표정의 상만을 향해 희우가 말했다.

"5만 원짜리야. 그러니까 살짝 보이게 연출해."

"하하, 그냥 시계 안 차면 안 되나요?"

희우가 끄덕였다.

"차야 해. 그리고 그게 걸려도 상관없어. 쓸데없는 곳에 돈을 쓰지 않는 졸부를 연기하면 되니까."

"그럼 이걸 왜 차고 가라는 거예요?"

"속는지 속지 않는지 보려고. 여기까지는 괜찮겠다고 가이드라인을 치는 거지."

그날 밤.

서초구에 있는 더블유 파이낸싱의 사장실의 문이 열렸다.

일을 하고 있던 김도현이 고개를 들어 앞을 바라봤다.

그의 앞에 서 있는 한 남자.

김도현이 자리에서 일어나 활짝 웃으며 입을 열었다.

"아이고, 박상만 사장님."

"안녕하십니까?"

상만은 바지 사장 김도현의 앞에 앉았다.

두 사람은 두 번째 만남.

처음의 만남이 가벼운 인사였다면 이번은 투자에 대한 기초적인 틀을 세우는 단계였다.

김도현이 입을 열었다.

"강남에 부동산을 하고 있다고 하셨지요?"

"뭐, 작게 하고 있지요. 하하하."

허세로 가득한 웃음을 터뜨리고 있었다.

김도현이 다시 물었다.

"얼마나 투자하실 생각인가요?"

"글쎄요. 땅이랑 아파트를 우선적으로 정리하면 한 500억은 나올 것 같은데, 그 정도면 이윤이 좀 떨어지겠습니까?"

500억이라는 말에 김도현의 미간이 찌푸려졌다.

'500억을 아무렇지도 않게 이야기하고 있어? 허세야, 진짜야?'

하지만 김도현은 아무렇지도 않은 척 말했다.

"합법적으로 대부업을 하는 게 큰 수익을 기대하기는 어렵고요. 적어도 연 10%의 수익을 낼 수는 있을 것 같은데요."

상만은 고개를 끄덕이며 계산하는 척했다.

"500억에 10%면 50억이네요."

"그렇죠."

"에이, 그럼 1천억 집어넣을까요?"

"네?"

상만은 그의 얼굴을 보며 대수롭지 않게 입을 열었다.

"1천억이 적나요?"

"아, 아뇨. 그 정도면 연 100억 정도의 수익은 볼 수 있겠네요."

잠시 고민하는 상만. 그가 팔을 살짝 내밀자 희우에게 받은 시계가 김도현의 눈에 들어왔다.

금빛이 감도는 게 꽤 비싼 시계로 여겨질 수밖에 없었다.

상만은 김도현의 눈을 슬쩍 바라봤다.

얼굴에 어떤 가면을 쓰고 있는지 어떤 의심도 없어 보이는 얼굴이었다.

상만은 모른 척, 계속해서 고개를 끄덕이며 중얼거렸다.

"100억…… 100억……. 뭐, 그 정도면 먹고사는 데 지장은 없겠네요."

100억의 수익을 받아야 먹고사는 데 지장이 없다니…….

상만이 능글맞게 말을 이었다.

"다음에 만날 때, 계약이랑 투자 방법에 대해 설명 부탁드립니다. 어느 정도 신용을 가지고 있는지는 알아봐야 하니까요."

"아, 네. 알겠습니다."

고개를 끄덕이는 김도현을 앞에 두고 상만은 자리에서 일어나 밖으로 나왔다.

김도현은 상만의 뒷모습을 의심스러운 표정으로 바라보았다.

그때 사무실로 최석호가 들어왔다. 그가 들어오자 김도현이 자리에서 일어나 고개를 숙였다.

"오셨습니까?"

"그래."

최석호는 몹시 못마땅한 표정으로 김도현의 책상 앞에 있는 서류를 들춰 봤다.

"유벤의 동향은 어때?"

"계획대로 흘러가고 있습니다."

"자금은?"

"거의 소진했을 겁니다. 확인해 보겠습니다."

최석호가 고개를 끄덕이며 말했다.

"이거, 오래 끌지 마. 위에서 지시가 내려왔어. 하루 빨리 손에 넣고 싶으신 모양이야. 어차피 뺏을 거, 길게 질질 끌 필요도 없잖아?"

김도현이 고개를 끄덕였다.

"네, 알겠습니다. 조만간 직접 유벤에 찾아가서 확인하고 보고하겠습니다. 그리고……."

김도현이 말을 끌자 최석호가 어서 말하라는 눈빛으로 바라봤다.

"투자하겠다는 분이 나타났습니다."

"투자? 누구?"

"박상만이라고, 혹시 아시나요?"

최석호는 고개를 갸웃거렸다.

"박상만, 박상만, 박상만."

그가 알지 못하자 김도현이 입을 열었다.

"강남 일대에서 꽤 크게 부동산업을 하는 사람이라고 합니다. 요즘 부동산에서 돈을 만지지 못한다고 우리 쪽에 자금을 묻어 둘 수 없는지 문의해 왔습니다."

최석호가 물었다.

"투입할 수 있는 자금은 얼만데?"

"모르겠습니다. 1천억도 대수롭지 않게 말을 해서요."

"1천억?"

"네."

"정말 1천억이 있는 것 같아?"

"그건 잘 모르겠습니다. 일단 입고 있는 옷은 명품이 아닌데 금시계를 샀는지 일부러 보여 주는 것 같았습니다. 시계의 브랜드는 못 봤습니다."

슬쩍 시계를 보여 주려고 한 행동이 김도현에게는 대놓고 자랑하는 모습으로 보인 것 같았다.

김도현의 말을 들은 최석호가 입을 열었다.

"항상 조심하도록 해. 돈을 벌고 있으면 파리 새끼가 꼬이기 마련이야. 박상만에 대해서는 나도 알아보도록 하지."

"네, 알겠습니다."

최석호가 김도현의 옆으로 다가가 그의 등을 토닥이며 말했다.

"만약 정말 그 정도의 자산가라면 어떻게 해야 하지?"

"네?"

최석호가 낮은 목소리로 말을 이었다.

"1천억을 이야기했다면 그 이상 있다는 거잖아?"

"……네."

"그거 다 꿀꺽할 수 있도록 머리 써 봐. 상대가 사기꾼이 아니라면 우리가 사기를 쳐야지."

"……네."

최석호의 눈이 잔인하게 빛나기 시작했다.

"어차피 이 세상은 딱 두 가지야. 먹히느냐, 먹느냐. 그놈도 그 정도 돈을 벌었다면 지금까지 나쁘게 살아온 놈이니까 마음 쓰지 마."

"……네."

최석호는 다시 김도현의 등을 토닥였다.

어게인
마이라이프
SEASON2

"제발, 똥파리가 아니라 돈 있는 머저리였으면 좋겠네."

최석호는 그렇게 말하며 슬쩍 김도현의 표정을 살폈다.

최석호가 보고 있는 김도현.

머리도 좋고 입도 무거웠다.

즉, 쓸 만한 사람이었다.

하지만 단점이 있었으니 마음이 약하다는 것이다.

지금까지 빼앗은 회사들.

그 회사를 무너뜨릴 때마다 김도현은 힘들어했으니까.

물론 힘들어하기만 했을 뿐이다. 앞에서는 착한 척 가슴 아파하지만 결국에는 뒤에서 더러운 수단으로 이익을 모두 챙기고 있었다.

하지만 이런 일을 제대로 하기 위해서는 일말의 감흥도 느끼지 않을 만큼 냉혈 인간이 되어야 했다.

최석호가 김도현에게 다시 입을 열었다.

"내가 말했지? 회사 사장들도 결국 직원들의 고혈을 쥐어짜서 돈을 벌고 있어. 직원들한테 월급은 쥐꼬리만큼 주고 지들은 수천, 수억을 튕기고 노는 놈들이야. 우리가 하는 일은 그 돈을 가지고 오는 것뿐이야."

"……네."

"일단은 투자자고 뭐고 유벤이다. 통째로 들어 먹을 준비를 해."

Chapter 4

김도현과 최석호는 간단한 업무를 마친 후 밖으로 나왔다.

그들이 향한 곳은 사무실 근처에 있는 바였다.

바에 앉아 술을 마시는 두 사람.

그곳에서도 두 사람의 일 이야기는 끝나지 않았다.

최석호가 말했다.

"유벤을 먹는다면 우리도 위에서 인정받을 수 있어. 지금 위의 동향을 보니까 복잡한 것 같아. 천호령 회장님이 고령이시잖아? 조만간 후계 발표를 할 것 같아."

"……."

"우리가 열심히 해서 천유성 사장님이 후계가 되면 모른 척하시겠어? 일등 공신은 아니지만 적어도 이등 공신은 될 텐데?"

"네."

"그게 아니더라도 내가 한 계단만 올라가면 내 자리를 차지하는 건 너라는 걸 알고 있지? 열심히 하도록 해."

김도현은 머뭇거리더니 이내 고개를 끄덕였다.

"알겠습니다."

그런 김도현을 최석호가 흐뭇하게 바라봤다.

마음이 조금 약한 편이기는 하지만 그래도 야망을 가지고 있는 모습이 싫지는 않았다.

그렇게 그들이 이야기하고 있을 때, 뒤에서 시끄럽게 들리는 목소리가 있었다.

최석호는 그 시끄러운 소리가 신경 쓰였는지 그들에게 시선을 돌렸다.

김도현이 최석호에게 물었다.

"조용히 시킬까요?"

"아니야. 기다려 봐."

시끄러운 남자들의 목소리가 이어지고 있었다.

"진짜라니까."

"에이, 너도 알고 있는 정보면 누가 모르겠냐?"

"하, 이 친구가 사람을 못 믿네."

회사원으로 보였다. 그들의 말은 계속되었다.

"거기까지 전철이 들어온다니까."

"전철이 그 끝까지 갈 일이 있겠냐? 신도시 부지까지 가겠지."

"하, 나, 이 사람. 거기에 대기업 산업 단지 들어오는 거 알지? 그리고 통일될 수 있다고 하잖아. 미리 전철을 뚫어 놓는다니까? 지금도 그쪽 땅값이 들썩거리고 있대. 1만 원 하던 게 지금 2만 원, 3만 원 하고 있대. 나중에는 10만 원까지 갈지 모른다고 하던데? 그리고 신도시가 거기에도 들어설 수 있대."

두 사람의 말을 듣던 최석호가 한심하다는 듯 고개를 저었다. 그리고 김도현을 바라보며 말했다.

"사기 부동산에 당한 모양이군."

김도현이 고개를 갸웃거리며 물었다.

"사기 부동산요?"

"그래, 가정된 일을 사실인 척 부풀려 파는 거지. 그리고 속는 저놈들은 1만 원도 안 되는 땅을 그 배로 주고 산 멍청한 놈들이야."

"바보들이군요."

"멍청하지. 회사에서 100만 원, 200만 원 벌어서 사기나 당하는 멍청한 놈들. 사람들은 소문에 사서 기사가 나올 때 팔라고 하지만 그건 틀린 말이야. 기사가 나올 때 사서 완성되었을 때 팔아야지. 남의 말을 왜 믿고 있어?"

회사원들은 계속해서 부동산에 대해 더 떠들다가 얼큰하게 취기가 올랐는지 2차를 가자며 밖으로 나갔다.

그때까지 최석호와 김도현은 자리에 앉아 술을 마시고 있었다.

밖으로 나온 회사원들. 그중 한 명이 김도현과 최석호를 흘끗 바라보며 전화를 들었다.

"옆에서 이야기했는데 사기 부동산이라고 대번에 알던데요?"

회사원의 전화를 받은 사람은 상만이었다. 전화를 끊은 상만이 앞에 앉아 있는 희우를 바라봤다.

"사기 부동산이라고 알고 있다는데요?"

희우가 고개를 끄덕였다.

"알겠지. 일반 회사원들이 가서 이야기했는데 믿을 사람이 어디 있어? 너라면 믿겠어?"

"응? 그런데 왜 이런 일을 시켰어요?"

희우가 피식 웃었다.

"상만아, 사기에 당하는 사람들이 어떤 사람들인 줄 알아?"

"몰라요."

"똑똑한 사람들이야. 자기가 다 알고 있고 절대 속지 않을 거라고 생각하는 사람들."

"……."

"일단 미끼를 던져 놨으니 냄새만 맡게 한 거야. 이제 스스로 움직일 수 있도록 만들어 봐야지."

상만이 고개를 저었다.

"사장님은 너무 어렵게 움직이는 것 같아요."

희우는 웃으며 자리에서 일어섰다.

"그럼 계속해서 수고 좀 해."

"알겠습니다."

희우는 상만의 인사를 받으며 커피숍에서 빠져나왔다.

그가 향하는 곳은 중앙 지점 근처에 있는 크지 않은 바였다.

만나는 사람은 윤수련 검사.

이제야 일을 끝내고 나온 윤수련 검사가 희우의 옆에 앉았다.

조용한 음악이 흘러나올 때, 윤수련 검사가 물었다.

"파이낸싱은 어떻게 가고 있나요?"

"현재까지는 계획대로 되어 가고 있습니다. 그쪽으로 부탁할 일이 있습니다."

"말씀하세요."

"파이낸싱 회사에 대해 검찰 수사가 시작된다는 소문을 퍼뜨렸으면 합니다."

"소문요?"

"소문이면 충분합니다."

윤수련은 잠시 생각하다가 고개를 끄덕였다.

하지만 소문을 낸다는 것도 말이 쉽지, 쉬운 일이 아니었다. 어쨌거나 평검사인 그녀가 할 수 있는 일은 벗어나는 범위니까.

희우가 말을 이었다.

"소문을 내면 금방 이득을 챙기고 사업장을 이동하려 할 겁니다. 급하게 움직일수록 넘어지기 쉽다는 것은 누구나 아는 상식이고요."

윤수련이 이해했다는 듯 고개를 끄덕였다. 그리고 자신의 가방에서 서류 뭉치 하나를 꺼내 희우에게 건넸다.

"반부패부에 있는 동기에게 얻어 온 극비 자료예요. 천호령 회장 아래에 공명제 비서가 있는 건 알고 계시죠?"

"네. 공명제는 똑똑하고 야망도 있는 사람이라고 알고 있습니다."

"그런데 공명제 말고 숨어 있는 사람이 있습니다."

"……!"

숨어 있는 사람이 있다?

희우가 윤수련을 바라보자 그녀가 입을 열었다.

"조진석. 특별한 직급은 없습니다. 실장이라고 불립니다. 천호령 회장의 궂은일을 도맡아 하고 있는 사람이며 제왕 그룹의 실질적 2인자라고 합니다. 제왕 그룹의 낮의 황제가 천호령 회장이라면 밤의 황제는 조진석 실장이라고 하네요."

"……!"

희우는 가만히 조진석이라는 이름을 되뇌어 봤다. 그리고 눈을 찌푸렸다.

알고 있는 이름. 하지만 제왕 그룹 천호령 회장의 비서로 있었다는 것은 알지 못했다.

아니, 있을 수 없는 사람이었다.

잠시의 혼란을 머릿속에서 수습하며 그는 그녀가 건넨 서류를 급하게 펼쳤다.

어떻게 그가 천호령 회장의 비서로 있는지 알아야 했다. 하지만 그녀 역시 조진석에 대해 많은 정보를 가지고 있지는 못했다.

그녀가 서류를 보고 있는 희우를 향해 입을 열었다.

"이 사람도 제왕 그룹 후계 싸움에 나설 수 있을 것 같아요. 지금 2인자라면 충분히 가능성은 있지 않을까요?"

"글쎄요."

희우는 아직 확신을 가질 수 없다는 듯 고개를 저었다. 그리고 말을 이었다.

"때로는 영원한 2인자도 있는 법이니까요."

集으로 돌아온 희우는 소파에 앉아 눈을 감고 있었다.

그는 윤수련에게 들은 정보를 다시 되짚었다.

계속해서 그녀에게 정보를 들어 보니 과거 그녀가 천호령 회장을 잡지 못했던 이유를 알 수 있을 것 같았다.

"조진석."

그가 천호령 회장의 옆에 있을 줄은 몰랐다.

희우가 알고 있는 과거. 그 과거에서 조진석은 제왕 그룹의 실장이 아니라 피 냄새를 맡고 움직이는 도시의 상어였다.

대한민국 땅에서 일어나는 불법적인 일의 뒷배경에 서 있는 남자.

하지만 법망을 쉽게 피해 갔기에 그의 모든 악행이 세상에 드러난 것은 그가 죽고 난 뒤의 일이었다.

희우는 문득 그가 어떻게 죽었었는지를 생각하기 위해 기억을 더듬었다.

큰 관심이 없던 사건이었기에 스쳐 지나가듯 확인했을 뿐, 자세한 내용은 알지 못했다.

하지만 분명한 것은 그가 천호령 회장의 아래에 있던 사람은 아니라는 것이었다.

뭔가 뒤틀린 것이 분명했다.

희우가 다시 인생을 살며 바뀐 세상.

모든 것이 바뀐 지금 과거의 기억으로 현실을 투영하기는 어려웠다.

희우는 고개를 저으며 다시 조진석에 집중했다.

"경찰을 피해 도망가다가 어느 벌판에서 죽은 채로 발견되었는데……."

아무리 생각해도 당장 더 기억나진 않았다.

희우는 자리에서 일어섰다. 일단 조진석이 천호령 회장과 함께 있다는 것 하나만으로 모든 계획을 수정해야 했다.

그를 데리고 있다면 천호령 회장은 적토마를 타고 있는 여포와 같다.

그렇다면 천호령 회장은 후계에는 관심이 없을 것이다.

자신의 세상에서 더 많은 욕심을 부리는 것이 그의 목표일 것이다.

희우는 천천히 거실의 창가로 걸어갔다.

늦은 시간이었기에 불이 켜진 집은 많이 보이지 않았다. 하지만 희우의 눈은 불 켜진 집을 바라보고 있지 않았다.

그는 가만히 옛 삶을 보고 있었다.

마흔이 다 되어 가는 나이에 세상을 떠났던 김희우. 하지만 그는 열여덟 살이 되어 다시 새 삶을 살게 되었다.

그는 미래를 알고 있는 능력과 노력을 통해 2008년 총선에 섰고 그 자리에서 조태섭이라는 희대의 권력자를 끌어내렸다. 그렇게 김희우는 국회의원까지 되며 파란만장한 삶을 살아왔다.

그의 나이는 이제 서른셋. 과거로 돌아와 16년이라는 세월을 보냈다.

12년 총선을 끝내며 국회를 떠난 후, 더 이상 세상에 관여하지 않고 살자는 생각을 가졌지만 그것 역시 오래가지 못했다.

얼마 지나지 않아 제왕 그룹과 맞서게 되었으니까.

희우는 창밖을 바라보며 빠르게 과거를 정리했다.

원래 지금 희우가 알고 있는 지금의 세상은 거대 권력자 조태섭이라는 인물이 세상을 주무르고 있어야 할 시기였다.

하지만 그 세상은 끝났다. 이제 과거를 정리하고 새로운 미래를 바라봐야 할 때다.

창밖을 바라보던 희우가 낮은 목소리로 중얼거렸다.

"천호령과 조진석."

어떻게 두 사람이 손잡았는지는 알 수 없었다.

하지만 아마도 다른 노선을 타고 있던 두 사람. 그들은 조태섭의 추락이 만들어 내는 세상의 균열 속에서 새로운 세상을 만들기 위해 힘을 합쳤을 것이다.

희우의 입가에 낮은 한숨이 흘러나왔다.

쉽지 않은 두 놈이 손잡았으니 막막할 수밖에 없었다.

생각을 이어 가던 희우는 갑자기 무슨 생각이 들었는지 눈동자가 떨려 왔다.

그는 손을 들어 쫙 펴진 자신의 손바닥을 바라봤다.

그리고 하나씩 꼽기 시작했다.

하나, 둘, 셋, 넷, 다섯.

그가 죽었던 해.

이제 5년 앞으로 다가왔다.

새롭게 세상을 살아가며 알게 된 것.

원래 죽었어야 할 사람이 죽지 않는다면 다른 사람이 죽는다.

죽음은 피하기 어렵다.

지금까지 왜 이 생각을 하지 못하고 살아왔을까?

죽음이라는 것은 누구에게나 가까이 있지만 인식하지 못

하도록 낮게 다가오는 것이었기에 희우는 지금에 와서야 그 생각을 할 수 있었다.

희우의 시선이 방으로 향했다.

방에서는 아내의 잠을 자는 소리가 작게 들려왔다.

불이 꺼진 방을 둘러보며 희우는 낮은 목소리로 입을 열었다.

"나는 계속 살아갈 수 있을까?"

다음 날. 점심, 고급 한식집.

희우는 상만과 마주 앉아 있었다.

상만이 들떠 있는 표정으로 입을 열었다.

"사장님, 월급 받으셨어요? 왜 이렇게 비싼 곳을…… 하하 하하."

상만의 입은 찢어질 듯 웃고 있었다.

희우가 말했다.

"일단 밥 먹고 이야기하자."

그 말에 상만의 표정이 순식간에 굳었다.

이런 비싼 걸 사 줄 때는 분명 더 안 좋은 이야기를 하려는 게 분명하니까.

상만이 정색하고 입을 열었다.

"미리 말씀해 주시죠. 도대체 무슨 이야기를 할지 감이 잡히지 않을 때는 먹다가 체할 수도 있어요."

희우가 고개를 저었다.

"들으면 체하는 게 아니라 밥도 못 먹을 거야. 그냥 먹고 들어."

"하하하."

상만은 어색하게 웃었다.

그때 미닫이문이 열리고 갖가지 색색의 음식들이 안으로 들어왔다. 표정이 굳어 있던 상만은 언제 그랬냐는 듯 젓가락을 들어 먹기 시작했다.

"하긴 금강산도 식후경이라고 했어요. 먹어야 듣죠."

"술도 한잔할래?"

"좋습니다! 오늘 사장님이랑 술 한잔 찐하게 먹어 보겠습니다."

테이블에 놓인 술은 그간 두 사람이 먹던 소주가 아니라 한 병에 1만 원이 넘는 고급 술이었다.

누가 듣는다면 1만 원 넘는 술이 왜 고급이냐고 할지 몰라도 이 두 사람이 살아왔던 삶을 보면 충분히 사치였다.

한참 술잔이 오가며 두 사람은 옛 이야기를 나눴다.

상만의 집이 경매에 넘어갔을 때, 희우가 그 집을 사기 위해 나타났을 때부터 지금까지의 이야기들.

그리고 잠시 후, 상만이 젓가락을 식탁에 내려놓으며 입을 열었다.

"계속 이야기를 빙빙 돌리시는 거 보니 정말 어려운 이야기인가 보네요. 편히 말씀하세요. 솔직히 전 사장님이 무슨 말을 해도 상관없어요. 헤헤."

취기가 올라서였을까? 상만의 바보 같은 웃음에 희우도 그만 웃고 말았다.

희우가 웃으며 말했다.

"듣고 후회하지 마."

"그럼요."

"제왕 그룹을 사려면 돈이 얼마나 들까?"

"……!"

상만은 놀랐는지 딸꾹질까지 하고 말았다.

일반 사람들이 이런 말을 하면 농담으로 여기고 넘어갈 수 있었다.

하지만 상대는 희우였다.

절대 이런 말로 시시껄렁한 농담을 할 사람이 아니었다.

상만이 놀란 눈을 깜빡거리지도 못하고 희우에게 물었다.

"얼마 전에는 제왕 그룹을 무너뜨린다고 하지 않았어요?"

"응."

"그런데 이젠 사요?"

"응."

상만이 고개를 저었다.

"하하, 크게 위험한 사장님이시네요."

희우가 말했다.

"제왕 그룹을 상대로 싸우면 피해가 너무 커. 피해를 최소화할 수 있는 방법은 집어삼키는 수밖에 없어."

"말도 안 되는 일이에요."

"가능해."

"그룹 가치를 환산하면 수백조가 넘어요."

"그래서?"

희우의 시큰둥한 반응에 상만이 더 강하게 이야기하기 시작했다.

"사장님이 정계를 그만두시면서 사회에 환원한 돈. 그걸 환원하지 않고 가지고 있다고 해도 불가능해요. 아니, 우리 회사가 얼마를 동원할 수 있는지 아세요?"

"가지고 있는 것 팔고, 대출받고 뭐하고 하면 500억 되나?"

"네, 그걸로 어떻게 제왕 그룹을 꿀꺽할 수 있겠어요?"

희우가 술병을 들어 자신의 잔에 천천히 따랐다.

쪼르륵 소리와 함께 술잔이 채워졌다.

그는 술잔을 들어 입에 댄 후 말했다.

"내가 얼마를 가지고 투자를 시작했는지 기억 안 나? 난 200만 원으로 시작했어. 그때는 200만 원. 지금은 500억."

"……."

"무리라고 생각하나?"

상만이 술잔에 술을 채운 후 입을 열었다.

"네, 그때는 IMF가 있었잖아요. 누군가에게는 절망의 시간이었지만 사장님에게는 희망의 시간이었지요. 하지만 지금은 없어요."

"있다면?"

"네? 있다고요?"

상만 역시 어린 나이부터 부동산 투자에 뼈를 묻고 살아온 사람이었다. 그 역시 만만치 않은 투자 전략을 가지고 있었다. 그런 그가 판단할 때, 대한민국은 저성장의 시대로 접어들었다고 판단했다.

더 이상은 돈을 벌 수 없는 저성장의 늪.

그런데 희우는 한 번 더 그런 기회가 있다고 말했다.

물론 희우가 미래를 살아 보지 않았다면 확신을 가지고 할 수 없는 말이었지만 그것까지 상만이 알 수는 없었다.

몇 년 후인 가까운 미래에는 한동안 불확실성의 시대가 이어진다.

그리고 반드시 기회가 온다.

그때 필요한 돈.

상상할 수 없는 막대한 금액.

그 돈을 만들며 제왕 그룹을 철저하게 약하게 만들어야 한다.

상만이 한숨을 내쉬었다.

희우의 표정을 보고 있으면 무슨 말을 해도 통하지 않을 거라는 걸 잘 알고 있었다.

어차피 이렇게 흘러갈 거라면 그냥 열심히 옆에서 보필하는 게 자신의 역할이라고 생각했다.

"사장님을 따르기로 했으니 쫓아가겠습니다. 어떻게 하실 건가요?"

"사람들은 제왕 그룹이 지금 왕자의 난이 일어나기 직전이라고 생각하고 있어."

"네, 그건 저도 알고 있습니다."

"그런데 천호령 회장은 죽기 직전까지 후계를 생각하지 않을 거야."

"후계를 생각하지 않는다니요?"

놀란 상만의 눈을 보며 희우가 말을 이었다.

"천호령 회장은 더 큰 걸 노리고 있을 거다."

"그게 뭔데요?"

희우가 어깨를 으쓱해 보였다.

"그것까지는 나도 모르고."

희우는 천호령 회장의 의중이 어렴풋이 예측은 되었지만 확신은 없었기에 더 이상 말하지 않았다.

상만이 고개를 끄덕이며 말했다.

"그럼 왕위를 물려줄 생각이 없는 황제를 향해 왕자들이 칼을 뽑게 만들 건가요?"

"그것도 하나의 방법이고……."

희우의 말을 가만히 듣고 있던 상만이 갑자기 화들짝 놀라

물었다.

"설마, 그걸 제가 하나요?"

희우가 고개를 끄덕였다.

"응, 네가 내 돌격대장이잖아?"

"하하."

어색하게 웃는 상만을 보며 희우가 말을 이었다.

"계획대로 된다면 모든 시선이 내게 집중될 거야. 그러니까 움직이는 건 네가 해야지."

제왕 그룹의 시선을 한 몸에 받게 된다는 것은 무서운 일이다.

하지만 희우는 담담하게 상만을 바라봤다.

그 눈을 본 상만은 결국 고개를 끄덕일 수밖에 없었다.

"네, 알겠습니다."

상만은 그렇게 말하고 상에 남아 있는 다른 음식을 물끄러미 바라봤다. 그리고 아쉬운 듯 입을 열었다.

"이 음식이 최후의 만찬이었네요. 하하."

"다 먹고 이야기해 줘서 고맙지?"

"네, 정말 감사합니다. 눈물 날 것 같아요."

다음 날.

안산 반월 공단의 유벤.

그 앞에 더블유 파이낸싱의 김도현 사장이 차에서 내렸다.

투자한 후 회사가 얼마나 잘 돌아가고 있는지 확인하는 일반적인 업무였다.

그는 회사 이사의 안내를 받아 공장을 둘러본 후, 사무실까지 돌아보는 걸로 일정을 끝냈다.

그리고 김도현이 이사를 보며 물었다.

"사장님은 바쁘신가 봐요?"

평소 이런 업무를 하면 사장이 나와서 안내하는 게 맞다.

그런데 일정을 끝낼 때까지 사장이 나오지 않자 이사에게 물어본 것.

이사는 난처한 표정으로 고개를 숙이며 입을 열었다.

"아, 네. 죄송합니다. 우리 사장님께서 지금 일이 바빠서요."

김도현은 고개를 끄덕이며 말했다.

"그래도 여기까지 왔으니 뵙고 싶은데, 사장실로 가면 될까요?"

"네, 네."

김도현은 이사를 따라 사장실로 향했다. 그리고 똑똑똑. 노크와 함께 문을 열었다.

안으로 들어가자 유벤 사장은 한 손에 전화를 든 채 김도현에게 난처한 표정으로 바라보며 고개를 숙였다.

전화 중이니 죄송하지만 조금만 기다려 달라는 뜻이었다.

김도현이 가볍게 고개를 끄덕이자 유벤 사장은 다시 통화를 이어 갔다.

"아이고, 팔 마음이 없습니다. 조상 대대로 내려오는 땅인데 선대 때 팔았다가 이제야 겨우겨우 얻었거든요."

수화기 너머의 상대방이 뭐라고 하자 유벤 사장이 다시 입을 열었다.

"일단 연락처를 남겨 주시면 생각해 보고 연락드릴게요. 성함이 박상만 씨. 전화번호가……."

박상만이라는 이름이 나오자 김도현의 눈에 순간적으로 힘이 들어갔다.

알고 있는 이름이었다.

강남에서 꽤 크게 부동산을 한다는 남자.

그런 남자가 땅을 팔라고 전화했다?

사장은 전화를 끊고 김도현에게 고개를 숙이며 굽신거렸다.

원래 김도현이 오늘 온 일은 회사의 사정을 알아보는 한편, 자금 및 여러 시설에 대한 것으로 상대를 압박하려고 했다.

하지만 그는 태도를 바꿔 사장에게 사람 좋은 얼굴을 내보였다.

"아, 오늘 보니까 회사가 잘 돌아가고 있네요. 걱정하지 않아도 될 것 같습니다."

김도현의 말에 사장은 감사하다는 듯 허리를 숙였다.

"감사합니다. 대표님 덕에 이렇게 걱정 없이 일하고 있습니다."

김도현이 사장을 보며 활짝 웃었다. 그리고 물었다.

"그런데 방금 무슨 전화였나요? 땅 어쩌고 하던데요."

"땅요? 아, 모르겠습니다. 파주에 작은 임야를 가지고 있는데 거기를 평화 신도시로 만든다나 어쩐다나? 그래서 자꾸 팔라고 하는데, 조상 땅을 제가 어떻게 건듭니까?"

"그렇죠. 안 되는 일이죠."

김도현은 그렇게 이야기하며 사장실을 쭉 둘러봤다. 하지만 그의 눈이 집중한 곳은 사장의 책상 위에 적힌 쪽지였다.

박상만, 010-○○○○-○○○○, 파주 ○○읍, ○○면 산 100-8번지.

김도현은 쪽지를 확인한 후 소파에 앉았다.

그리고 사장과 대화하기 시작했다.

주로 신기술이 언제 완성되는지, 회사는 잘 돌아가고 있는지에 대해서였다.

잠시 후, 건물에서 나온 김도현은 차량에 올라 최석호에게 전화를 걸었다.

"지금 유벤을 들렀다 나오는 길입니다."

-그래? 어때? 압박했어?

"아뇨, 일단 시기가 아닌 것 같아서 인사만 하고 나왔습니다. 공장을 뺏어도 우리가 받을 수 있는 금액은 사실 헐값이지 않습니까?"

김도현은 최석호에게 유벤의 땅에 대해 이야기하기 시작했다. 김도현은 공장을 빼앗지 않고 땅을 가져가는 게 덜 미안하고 오히려 좋은 일이라고 생각하고 있었다.

"얼마 전 술자리에서 회사원들이 떠들었던 것, 기억하십니까? 그 이야기를 조금 더 확인해 봐야 할 것 같습니다. 그 땅에 박상만 사장도 침을 흘리고 있습니다."

최석호의 마음에 욕심이 깃들기 시작했다. 그러나 그의 욕심은 김도현과 달랐다.

–그럼 땅도 뺏고 공장도 뺏으면 되겠네.

"네? 땅만 가지고 오면 되지 않을까요?"

–왜 그런 짓을 해? 몇백억이 손에 떨어질 수 있다는 말 아니야? 먹이를 두고 피하는 것은 멍청한 놈들이나 하는 짓이야.

김도현은 최석호와의 전화를 끊었다. 그의 입에 깊은 한숨만 내쉬어지고 있었다.

잠시 후, 김도현의 차량이 주차장을 빠져나갔다.

그때 그 모습을 사장실에서 사장이 보고 있었다.

사장은 전화를 들었다.

전화가 향하는 곳은 희우였다.

"왔다 갔습니다. 그런데 책상에 둔 쪽지를 읽었는지는 모르겠어요."

　－읽었을 겁니다. 고생하셨습니다.

　다음 날.

　파주로 향하는 자유로에 빠르게 이동하는 검은색 승용차가 보였다. 그 안에 최석호와 김도현이 타고 있었다.

　최석호가 운전하고 있는 김도현에게 물었다.

　"황제 전자 산업 단지가 들어온다고?"

　"네, 그건 확실한 것 같습니다. 이미 옆에 천하 그룹의 LCD 단지도 있고 파주시에서도 적극적으로 유치하고 있는 것 같습니다."

　"신문에 나온 거지?"

　"네."

　최석호가 고개를 끄덕였다.

　"이미 냄새는 풍기고 있었는데 그걸 개미들이 맡았나 보군."

　최석호는 얼마 전 회사원들이 술집에서 하던 이야기를 떠올렸다.

　그때는 단순히 사기 부동산에 걸렸다고 생각했는데 그게 아닌 모양이었다.

　그 땅의 값어치가 얼마든 상관은 없었다.

최석호는 유벤의 사장을 압박해서 시세보다 싸게 살 수 있는 명분을 만들면 되는 거니까.

잠시 후, 그들은 파주에 있는 한 소로로 접어들었다.

승용차가 들어가기에 좁은 길이 나타나자 두 사람은 내려서 걷기 시작했다.

"이 산인가?"

"네, 그런 것 같습니다."

최석호가 고개를 끄덕이며 산세를 둘러봤다. 그리고 입을 열었다.

"신문에 나온 정책은 다 들었으니까, 이젠 소문을 이야기해 봐."

"유벤 사장의 말에 의하면 이 일대에 신도시가 들어온다고 합니다."

"신도시? 이 옆에 파주 운정 신도시 건설 중이잖아."

"네, 그런데 여기까지 해서 대규모 신도시를 만들 생각이 아닐까요? 서울에 집값이 떨어진다고 하지만 그 가격이 일반 사람들이 들어갈 수 있는 금액은 아니니까요."

최석호는 천천히 고개를 끄덕였다. 그리고 주변을 둘러보며 손가락을 들어 산 능선을 쭉 따라 그리듯 움직였다. 그리고 흡족하게 웃으며 말했다.

"여기가 배산임수 지역이네. 아주 터가 좋아."

허세였다.

풍수지리는 한 번도 배워 본 적 없지만 어디서 주워들은 것은 있어서 해 보는 말이었다.

그때 누군가를 본 김도현이 빠르게 입을 열었다.

"저기 박상만 사장이 있습니다."

"박상만?"

최석호도 박상만의 이름은 들어서 알고 있었다.

두 사람은 커다란 나무의 뒤로 몸을 숨겼다.

최석호가 작게 입을 열었다.

"1천억을 운용할 수 있는 사람이 이 땅을 투자처로 생각하고 있다는 것도 확실한 내용이구나."

"……."

그들이 바라보고 있는 상만은 논두렁에 앉아 산을 바라보고 있었다.

저 멀리에 최석호와 김도현이 숨어서 자신을 지켜보고 있다는 사실을 잘 알고 있던 그는 모르는 척, 길게 하품했다.

그리고 이어서 지도도 봤다가 스마트폰도 봤다가 쓸데없이 나침반도 꺼내서 움직여 봤다.

그는 지금 자신이 이 땅을 노리고 있는 것처럼 보여야 한다는 말을 착실히 따르는 중이었다.

그리고 잠시 후, 그는 자리에서 일어나며 전화를 들었다.

"아, 사장님. 지금 땅 보러 왔는데요. 평당 얼마 이런 거 없이 100억으로 퉁 치는 건 어떨까요? 공시지가를 보면 얼마

되지 않는 땅인데 이 정도면 괜찮지 않나요? 계약서도 다운 계약하겠습니다. 그러면 세금 내는 것도 적고 훨씬 이득이 죠. 네, 그럼 생각해 보십시오."

그 목소리는 크지 않았지만 작지도 않았다.

나무 뒤에 있는 최석호의 귀에는 들어갈 수 있는 크기였다.

그의 모습이 사라지자 나무 뒤에 있던 최석호가 밖으로 나왔다.

"유벤에 자금 압박하는 계획을 늦추도록 해."

"네?"

"자금을 압박하면 돈을 구하기 위해 땅을 저놈한테 팔 수도 있어. 이 땅의 값어치가 얼마가 되는지 알아보고 그때 움직이도록 하자."

"알겠습니다."

잠시 후, 상만은 희우와 앉아 있었다.

상만이 말했다.

"넘어온 것 같습니다."

"가치를 500억까지 올려놔."

"오…… 500억요? 그 정도로 큰 돈이면 저놈들이 이것저것 알아보지 않을까요? 전 솔직히 100억을 말하는 것도 심장이 떨리는데요."

희우가 고개를 끄덕이며 여유롭게 입을 열었다.

"알아보겠지. 하지만 알아볼수록 확신을 가질 거야."

"네? 알아볼수록 확신을 가진다뇨?"

"그게 남을 믿지 못하는 사기꾼들이니까."

상만으로서는 이해할 수 없는 일이었다.

그 시각, 최석호와 김도현, 그들은 산을 둘러보고 내려오는 중이었다.

그들은 서울로 돌아가지 않고 시청에 들러 도시 개발 계획에 대해 직원에게 물어봤다. 100억이 투자되는 돈이니 알아보지 않고 움직이는 게 더 이상한 일이었다.

시청 직원이 말했다.

"도시 개발 계획요? 없는데요. 아직 전철 같은 게 확정나지 않았으니까 섣불리 투자하지 마세요."

그들은 이어서 전철 공사를 맡기로 유력하다는 회사에 전화를 걸었다.

─전철에 대한 입찰을 하고 있지만 아직 확정되지는 않았습니다.

김도현이 전화를 끊으며 최석호에게 물었다.

"확정되지 않았다는데요?"

최석호는 말없이 고개를 끄덕였다.

뭔가 미심쩍었다.

박상만이라는 거대 자본가가 들어가려고 하는데 확정된 것이 없다니.

최석호는 생각을 이어 가다가 슬쩍 미소를 지었다.

"원래 큰 개발은 우리가 모르게 일어나는 게 맞지."

꒰ꙫ꒱

그날 저녁.

윤수련은 지검장실 앞에 서 있었다.

평검사인 그녀가 지검장을 이렇게 쉽게 만날 수는 없는 일이었다. 하지만 그녀는 지금 희우와 함께 자신의 이력에 써넣을 사건들을 가지고 오니 가능했다.

낮게 한숨을 내쉰 그녀가 안으로 들어가자 지검장 정필승이 자리에서 일어나 윤수련을 맞이했다.

"아, 들어와."

윤수련은 고개를 꾸벅 숙여 예의를 갖춘 후 정필승이 안내하는 자리에 앉았다.

"하고 싶은 말이 있다고 했지?"

정필승의 입가에 탐욕에 젖은 미소가 흘렀다. 그는 또 어떤 사건을 가지고 왔는가 하는 궁금증을 숨기지 않고 얼굴에 내보였다.

윤수련이 들고 온 파일을 테이블 위에 올렸다.

"더블유 파이낸싱이라는 곳입니다."

"대부업체?"

정필승은 파일을 들어 훑었다.

그리고 잠시 읽어 내려가던 그는 파일을 무신경하게 테이블에 내려 뒀다.

더블유 파이낸싱은 일반 사람들에게 대출하는 곳이 아니었다. 기업에 대출해 주고 돈을 받는 곳이었다. 즉, 대중이 크게 관심을 가질 수 없는 일이었다.

차기 검찰 총장을 노리는 정필승에게는 이런 사건보다는 조금 더 자극적이고 자신의 이름을 알릴 수 있는 사건이 필요했다.

윤수련은 정필승의 귀찮음으로 가득한 표정을 놓치지 않았다. 하지만 그녀는 굴하지 않고 계속 말했다.

"제가 지검장님을 찾아온 이유는 불법 대부업체를 집중 조사하겠다는 의지를 보여 주셨으면 하기 때문입니다."

정식적인 발표도 필요 없었다.

그저 중앙 지검의 주요 인사를 모아 놓고 '불법 대부업체를 조사하자.'라는 한마디만 해도 될 일이었다.

지검장이라는 위치는 그 정도의 발언만으로 대부업체를 떨게 만들 수 있으니까.

하지만 정필승은 천천히 고개를 저었다.

"왜 내가 그런 불필요한 일을 해야 하지?"

"네?"

윤수련은 순간 당황했다. 정필승의 표정이 좋지 않은 것은 봤지만 이렇게 나올 줄은 예상하지 못했다.

정필승은 테이블에 내려 둔 서류를 바라보며 입을 열었다.

"내가 자네의 의견을 따른다면 내게 어떤 이득이 있나?"

"……!"

윤수련은 두 주먹을 꽉 쥐었다.

중앙 지검의 수장이라는 사람이 장사꾼처럼 이문을 계산하고 있으니 순간적으로 화가 난 것이다.

하지만 주먹만 쥐었을 뿐, 표정으로 드러내지는 않았다.

그녀가 말했다.

"더블유 파이낸싱은 겉으로 보기에는 합법적인 대부업체이지만 전형적인 기업 사냥꾼들입니다."

"기업 사냥꾼?"

그제야 정필승의 눈가에 호기심이 떠올랐다.

윤수련이 말을 이었다.

"돈을 빌려주고 여러 이유를 갖다 붙여 기업을 인수합니다. 전형적인 악덕 사채업자로 그간의 피해액은 추정하기로 수백억입니다."

정필승의 입가에 다시금 탐욕의 미소가 흘렀다.

"놈들에게 회사를 빼앗긴 놈들 중에 딸을 가진 부모가 있는지 찾아봐. 딸은 어릴수록 좋아. 그리고 그 사장은 회사가 망해서 멀리 고향을 떠나 타향살이를 하는 사람이면 좋겠어. 그런 사람이 있다면 내가 불법 대부업체를 수사하겠다는 의지를 보여 주지."

정필승은 불쌍한 사람을 찾아 자신의 광고용으로 쓸 생각이었다.

지검장실에서 나와 복도를 걷고 있는 윤수련. 그녀의 눈에 복도의 벽에 등을 기대고 서 있는 민수가 보였다.

윤수련이 꾸벅 인사하자 민수가 묘하게 웃으며 마치 모든 것을 다 알고 있다는 듯 말했다.

"흘흘흘, 넌 지검장님과 거래하고 있는 거야. 거래하는 사람에게는 부탁하면 안 되지."

그 말에 윤수련의 발걸음이 멎었다.

그녀가 민수를 보며 물었다.

"그럼 어떻게 해야 하나요? 계속 이득을 주고받으며 거래를 해야 하나요?"

"나라면 협박하겠어."

"……!"

"하지만 너는 그렇게 하지 마라."

알 수 없는 말에 윤수련은 물끄러미 민수를 바라봤다.

평소에도 이상한 사람으로 생각하고 있었지만 오늘은 뭔가 조금 더 이상해 보였다.

그녀가 물끄러미 바라보자 민수는 갑자기 한 손을 선서하

어게인 마이라이프 SEASON2

듯이 올리고 입을 열었다.

"나는 불의의 어둠을 걷어 내는 용기 있는 검사, 힘없고
소외된 사람들을 돌보는 따뜻한 검사, 오로지 진실만을 따라
가는 공평한 검사, 스스로에게 더 엄격한 바른 검사로서!"

민수는 여기서 마치며 손을 내렸다. 그리고 윤수련을 바라
보며 말을 이었다.

"세상에는 더러운 검사만 있는 게 아니야. 더러운 놈이 부
각될 뿐, 멋있는 검사도 많지. 넌 더럽지 않았으면 좋겠다.
흘흘흘."

가만히 민수를 바라보던 윤수련. 그녀는 오늘 민수에게서
이상함을 느꼈다. 그리고 그에게 물었다.

"선배는 어떤 검사인가요?"

"난 재밌는 검사. 이 이야기를 꼭 희우에게 전해 줘."

민수는 더 이상 말할 게 없다는 듯 휘적휘적 윤수련의 앞
을 지나 복도의 끝을 향해 걸어갔다.

다음 날.

더블유 파이낸싱의 사무실에 앉아 있는 최석호.

그는 파주의 임야에 대해 고심하기보다는 돈을 어떻게 만
들어 내야 하는지 고민에 빠져 있었다.

일단 최소 가치로 가지고 있어야 할 돈이 100억이었다.

하지만 그 역시 그런 돈을 많이 가지고 있지는 않았다.

기업에 투자할 때는 그들의 돈이 아닌 제왕 파이낸싱에서 돈을 빌려 투자하고 있으니까.

최석호가 옆에 있던 김도현에게 물었다.

"천유성 사장에게 말해 볼까?"

하지만 그는 김도현의 대답을 듣지 않고 고개를 저었다.

천유성 사장은 욕심이 많은 사람이었다.

그런 사람에게 잘못 이야기했다가 개평도 받지 못하고 쫓겨날 수도 있었다.

잠시 한숨을 내쉰 최석호의 눈빛이 변했다.

이럴 때면 조금 무리한 방법을 사용할 수밖에 없다.

그가 김도현에게 말했다.

"끌어낼 수 있는 현금이 얼마지?"

"현금요?"

"지금 투자하고 있는 회사들을 일주일 내로 짜내도록 해. 그리고 최소의 금액으로 대출을 가득 받아서 리조트를 사."

김도현은 갑자기 리조트를 사라고 하니 무슨 말을 하는지 이해하지 못했다.

최석호가 말을 이었다.

"리조트를 사면 농어촌 공사에서 투자 지원금을 받을 수 있어. 그 투자금하고 회사에서 짜낸 돈하고 합치면 얼추 실탄을 채울 수 있지."

최석호의 눈에는 오직 탐욕만이 가득했다.

⚜

그 시각, 희우는 유벤 사장과 앉아 있었다.

"500억을 이야기하세요."

희우의 말에 유벤 사장의 눈동자가 커졌다.

"오…… 500억요?"

희우가 가볍게 고개를 끄덕이자 유벤 사장이 다시 입을 열었다.

"그 땅은 공시지가로 해도 얼마 되지 않아요. 100억이라고 해도 속지 않을 텐데 500억이라면……."

희우가 고개를 저으며 말했다.

"땅에 공시지가가 있기는 하지만 그게 해당 땅의 값을 말하는 것은 아니죠. 사장님이 1억에 팔고 싶으면 1억에 파는 것이고 500억에 팔고 싶으면 500억에 파는 거죠. 파는 사람 마음 아니겠습니까?"

"……."

불안해 보이는 유벤 사장의 눈을 보며 희우가 말을 이었다.

"사기 부동산으로 걸릴까 봐 걱정하시는 거죠?"

"……네."

유벤 사장은 이런 일을 하지 않고 정직하게 살아온 사람이었다.

　그런 사장의 마음을 알았는지 희우가 계속 말했다.

　"사장님이 그놈들에게 땅 주변으로 뭐가 생긴다는 말을 한 적이 있습니까? 사장님은 단 한마디도 하지 않았어요. 팔라고 요구하는 것은 오히려 그쪽이지, 사장님은 놈들에게 땅이 있다는 사실도 이야기하지 않았습니다. 그러니까 걱정하실 필요는 없습니다. 그리고 놈들은 더 나쁜 놈들입니다."

　사장이 깊은 한숨을 내쉬었다.

　"그럼 어떻게 하면 되죠?"

　"장난치듯이 이야기하세요. 한 500억이면 팔 생각이 있다고요."

　"그렇게만 하면 되나요?"

　"네. 그다음은 제가 알아서 하겠습니다."

　사장은 고개를 끄덕였다.

　회사에 자금이 부족한 상황이었고 자칫 놈들에게 회사가 넘어갈 수 있는 상황이기도 하니 사장에게는 선택할 수 있는 항목이 없었다.

　며칠 후.

김도현은 구로에 있는 한 회사의 건물에서 나오고 있었다.

차가운 눈빛의 김도현이 앞으로 걸어 나올 때, 한 50대의 남성 역시 다급한 표정으로 김도현의 뒤를 쫓아 달려 나왔다. 그리고 김도현의 바짓가랑이를 잡았다.

"압류라니요! 계약과 다르지 않습니까?"

김도현이 고개를 저었다.

"우리는 계약대로 합니다."

"제발, 살려 주세요! 회사가 넘어가면 몇 명의 직원들이 밥을 굶어야 하는지 아십니까? 조금만 시간을 주면 해결할 수 있어요!"

한평생 키워 온 회사를 지키기 위한 울부짖음이었다.

하지만 김도현은 차가운 시선으로 사장을 바라보며 입을 열었다.

"계약일 뿐입니다."

그리고 사장의 손을 뿌리치기 위해 강하게 발을 내디뎠다. 그 힘을 이기지 못한 사장이 아스팔트에 고꾸라졌지만 김도현은 냉혹하게 발걸음을 옮겼다.

지금 그는 최석호의 지시대로 투자했던 회사에서 금액을 빼고 있는 중이었다.

빠른 시일 내에 돈을 만들어 유벤 사장이 가진 땅을 손에 넣는 것. 그것이 그들의 목표였다.

그리고 그날 밤, 파이낸싱 회사로 한 남자가 들어섰다.

남자가 들어오자 김도현이 자리에서 큰 소리로 웃으며 일어섰다.

"박상만 사장님, 오셨습니까? 하하하."

오늘은 상만이 투자하기 위해 파이낸싱의 재무 건전성이 어느 정도 좋은지 확인하는 날이었다.

김도현은 상만을 안내하며 입을 열었다.

"사장님이 많은 돈을 투자한다고 하신다는 말에 다른 분이 사장님을 뵙고 싶다는 말을 전해 왔습니다."

"다른 분요?"

상만이 시큰둥하게 답하자 김도현이 고개를 끄덕이며 말했다.

"네, 제가 나이가 어린데 이 자리에 앉아 있기는 사실 어렵지 않습니까? 박상만 사장님이야 워낙 능력이 출중하시니 그렇다고 하지만 전 능력도 별로 없거든요."

"……."

"우리 회사의 쩐주분이 계십니다. 실질적인 오너이시죠."

"실질적인 오너요?"

상만의 미간이 찌푸려졌다. 지금 김도현이 하는 말은 자신을 바지 사장으로 인정한다는 말이나 마찬가지였다.

진짜 사장이 아니라 바지 사장이 있는 회사에 투자하려고 할 사람은 없다. 상만은 김도현이 바지 사장이라는 것을 알고 있었지만 계속 모르는 척 인상을 구겼다.

상만의 태도에 김도현이 손사래를 치며 급히 말했다.

"그런 게 아닙니다. 다만 사업체가 많으셔서 제가 이 일을 맡고 있을 뿐입니다."

하지만 이미 찌푸려진 상만의 미간은 풀어질 줄을 몰랐다.

김도현이 난처한 미소를 지으며 자리에서 일어섰다.

"금방 도착하신다고 하니까 커피나 한잔 드시고 계시죠."

김도현은 비서를 부르지도 않고 직접 차를 타기 시작했다. 이 정도의 정성은 보여야 상만이 자리를 차고 일어나 떠나지 않을 것이라고 생각한 모양이었다.

약간 시간이 지났다. 문이 열리고 최석호가 들어왔다.

"처음 뵙겠습니다. 최석호라고 합니다."

"박상만입니다."

상만은 일어서지도 않고 그를 향해 고개를 까딱해 보일 뿐이었다.

최석호가 김도현의 자리에 앉으며 입을 열었다.

그의 입에서 나온 말은 가벼운 날씨와 농담으로 어색한 분위기를 없애고자 하는 것들뿐이었다.

그리고 시간이 무르익었을 때 최석호가 날카로운 목소리로 물었다.

"어느 정도 투자하실 생각이죠?"

상만이 고개를 갸웃거리며 입을 열었다.

"일단은 100억만 넣도록 하겠습니다. 원래는 한 500억 생각하고 있었는데 아직 신뢰가 가지 않아서요."

최석호가 생긋 웃었다.

"아무래도 갑자기 제가 여기 대표라고 나타났으니 신뢰가 안 갈 수밖에 없죠. 하지만 괜찮습니다. 신뢰는 앞으로 쌓아 갈 수 있고 100억이면 정말 큰 돈이죠. 믿고 투자해 주셔서 감사합니다. 그런데……."

최석호는 말하며 상만의 앞으로 서류를 넘기며 말했다.

"우리가 이번에 큰 사업 하나를 진행하려고 합니다."

"큰 사업요?"

최석호가 고개를 끄덕이며 눈을 빛냈다. 그리고 주변 사람이 듣지 못할 정도의 작은 목소리로 입을 열었다.

"사장님은 당연히 아실 이야기지만 지금 신도시가 우후죽순 들어서지 않습니까?"

"네."

상만의 앞에서 부동산을 이야기하는 것은 번데기 앞에서 주름을 잡는 이야기였다.

그것을 최석호도 알고 있었지만 아랑곳하지 않고 계속 말했다.

"천하 그룹이 어느 신도시의 노른자 땅을 가지고 있습니다. 그런데 아파트를 세우려면 많은 자재가 필요하잖아요."

"네, 그런데요?"

"우리가 돈을 빌려주고 갚지 못한 회사들의 지분을 가지고

어게인
마이라이프
SEASON2

있는 것은 아시죠? 그 회사 중에서 제지와 시멘트 사업에 낙찰될 가능성이 상당히 높은 곳이 있습니다."

"제지와 시멘트요?"

최석호는 여전히 눈을 빛내며 고개를 끄덕였다. 그리고 더욱 작은 목소리로 말을 이었다.

"그 회사의 지분을 투자하시는 것은 어떨까요? 제가 다른 사람에게는 말하지 않는데 박상만 사장님이라면 그 정도의 그릇이 되니까 조용히 말씀드리는 겁니다."

상만이 머리를 긁적였다.

"조금 생각 좀 해 봐도 될까요?"

"네, 물론입니다. 하지만 시간이 사흘밖에 남지 않았습니다. 다른 투자자가 나선다고 했는데 전 이상하게 나이 많은 사람보다는 젊은 사람이 좋아서요. 하지만 계속 박상만 사장님만 보고 있을 수는 없지 않습니까?"

상만은 고개를 끄덕이며 자리에서 일어섰다.

그때 상만의 핸드폰이 울렸다.

통화 버튼을 누르고 수화기 너머의 목소리를 들은 상만의 표정이 굳어졌다.

"500억을 이야기한다고? 미친 거 아냐?"

그 순간, 최석호와 김도현의 귀가 쫑긋한 것은 사실이었다.

상만이 계속 말했다.

"설마 알아챈 거 아냐?"

-그건 아닌 것 같습니다. 그냥 장난식으로 말하더라고요. 조상님 어쩌고 하면서 미안하지 않으려면 500억은 있어야 한다고요.

수화기 너머에서 나오는 소리는 최대로 키워 놨기에 옆에 있는 최석호와 김도현도 쉽게 들을 수 있었다.

상만이 한숨을 내쉬며 물었다.

"일단 계산해 본 가치가 얼마나 되지?"

그리고 상만은 최석호와 김도현의 눈치를 보며 말을 이었다.

"아, 내가 조금 이따가 전화할게."

상만은 통화 종료 버튼을 누르고 최석호와 김도현을 바라보며 계속 말했다.

"죄송합니다. 갑자기 일 때문에 전화가 와서요."

최석호가 능글맞은 목소리로 상만에게 물었다.

"큰 거 하시나 봅니다."

"임야 하나가 있는데 생각보다 어렵게 돌아가네요. 하하."

상만은 그렇게 말을 하고 밖으로 빠져나왔다.

그의 뒷모습을 최석호가 가만히 바라보고 있었다.

상만과 희우가 커피숍에 앉아 있었다.

상만이 물었다.

"놈들이 정말 속을까요?"

"응."

"임야가 4만 평 정도 된다고 했으니까 대충 따져 보면 평당 약 120만 원 돈이에요. 누가 그 산을 그렇게 주고 사겠어요? 그리고 거기 개발 제한 구역인거 조금만 조사하면 다 알 텐데요."

"몇 번 말해? 사기는 똑똑한 놈들이 당하는 거라니까. 이것저것 다 알아보고 당할 거야."

"이해가 안 되네요."

희우가 피식 웃으며 말했다.

"내가 잡았던 사기꾼 이야기 하나 해 줄까?"

백쉰 명에게 1천에서 2천만 원씩 총 20억을 투자받은 사람이 있었다. 그는 돈을 받고 1년 후에 10%의 이윤을 만들어 준다는 약속을 했다.

희우가 상만에게 입을 열었다.

"그놈은 1천만 원을 투자하면 1년 후에 100만 원을 수익으로 준다고 했어."

"1년에 10%면 괜찮네요?"

"하지만 10% 수익을 내는 게 불가능한 것은 아니잖아? 사람들은 믿었지. 그리고 놈은 더 큰 돈을 가지고 오는 사람에게는 정중히 거절까지 했어. 투자니까 자칫 원금 손실의 위험도 있으니 조심하라고 하면서."

보통 사기하면 벼락부자를 만들어 준다는 말을 하지만 사기꾼은 그런 이야기를 전혀 하지 않았다.

그저 사람이 혹할 수 있는 10%의 이윤, 그리고 2천만 원 이상은 받지 않겠다는 신용을 보여 줬을 뿐이다.

결과는 뻔했다.

약속 날짜가 되기 3개월 전에 놈은 모습을 감췄다.

핸드폰을 정지시켰으며 살던 집에서 이사를 갔다.

하지만 사람들은 그가 이사를 간 것을 알게 되었을 때도, 자취를 감춘 것을 알았을 때도 신고하지 않았다.

그렇게 약속 당일, 약속한 시간이 될 때까지도 사람들은 신고하지 않았다. 그저 사기꾼이 편하게 도망갈 수 있는 시간을 만들어 줬을 뿐이다.

희우가 말했다.

"백쉰 명이 전부 바보라서 사기에 당했을까?"

"……."

"약속한 시간에서 며칠이 지날 때까지도 그놈을 믿고 신고하지 않은 사람도 있어."

"……."

"작은 이득이든 큰 이득이든 중요하지 않아. 사람의 눈을 욕심으로 가리면 사기는 쉬운 거니까."

희우의 말에 상만이 어색하게 웃었다. 그리고 말했다.

"아무리 봐도 사장님이 사기꾼 같아요."

희우는 대답하지 않고 어깨를 으쓱해 보일 뿐이었다.

최석호는 사무실에 앉아 손가락으로 책상을 두들기고 있었다. 생각에 몹시 깊이 빠진 모양이었다.

"500……억. 박상만이가 투자할까?"

500억이라는 말을 듣고도 투자한다면 그 산의 가치는 그 이상이라는 말이 될 수 있었다.

"도대체 어느 정도의 가치를 가지고 있는 거지?"

아무리 머릿속으로 계산기를 두들겨 봐도 답이 나올 수 없었다.

임야라고 하면 가격이 나간다고 해 봐야 평당 20만 원 정도라고 생각했다.

그런데 500억이면 평당 125만 원이 되는 가격이었다.

이 금액이면 서울에서 가까운 농촌의 논이나 밭의 땅값과 비슷했다.

당연하지만 최석호는 산의 가치가 그만큼이 될 수 없다고 의심하고 있었다.

하지만 왜 부동산 투자의 거물이 나설까 하는 생각이 더욱 크게 들어섰다.

그의 손은 인터넷에서 자연스레 평당 100만 원이 넘어가는 임야를 찾아보고 있었다.

"주택을 지을 수 있으면 평당 100만 원이라고?"

최석호는 그렇게 검색 끝에 임야의 값이 평당 100만 원이 되는 곳이 있다는 것을 찾아냈다.

그것도 같은 파주 지역이었다.

하지만 최석호는 몰랐다. 지금 그가 하는 행동, 그것은 욕심이 앞서 자신도 모르게 합리화시키려고 하는 일련의 과정일 뿐이었다.

화면을 보고 있던 최석호의 눈이 살짝 찌푸려졌다.

다시 생각에 빠지고 있는 것이었다.

'세금을 내고 이것저것 했을 때 얼마의 이득을 볼 수 있다는 거지?'

지금 최석호에게는 아무 정보도 없었다.

그저 임야도 평당 100만 원 가깝게 팔릴 수 있다는 것.

그리고 부동산의 대가 중 하나가 지금 많은 돈을 들여 임야를 사려고 한다는 것이었다.

김도현이 최석호의 옆으로 왔다.

그의 표정은 좋아 보이지 않았다.

"사장님, 문제가 조금 있습니다."

"지금 문제는 우리에게 500억이 없다는 거야."

"저…… 그게 아니라 지금 정보책에게서 연락이 왔는데, 중앙 지검에서 대부업체, 그중에서도 기업 사냥꾼들을 집중 조사할 계획이라고 합니다."

"······!"

최석호의 눈에 짜증이 가득해졌다.

기업 사냥꾼이라고 하면 자신들을 노리고 있는 게 확실했다.

김도현이 다시 입을 열었다.

"사장님, 어떻게 할까요?"

최석호는 뭔가를 생각하는 듯 잠시 눈을 감았다. 그리고
잠시 후 눈을 뜨며 낮은 목소리로 입을 열었다.

"유벤에 투자한 금액을 빼면 얼마가 더 필요할까?"

"네?"

"그거 먹고 땅값이 오를 때까지 잠시 몸을 숨기고 있자.
천유성 사장이라고 해도 시간이 지나면 우리를 신경 쓰지 않
을 거야."

"······우리는 500억이 없습니다."

"있어. 모자란 돈은 천유성 사장 라인을 통해 일본에서 받
을 수 있도록 해야지. 물론, 천유성 사장 모르게."

김도현의 눈에 많은 망설임의 빛이 떠올랐다. 하지만 망설
임은 잠시였다. 큰돈이 들어온다면 영화처럼 살 수 있다는
생각에 그는 결국 고개를 끄덕였다.

최석호가 만족한 눈빛으로 김도현을 보며 입을 열었다.

"인생은 한 방 아니겠어? 우리도 제왕에서 벗어나서 진짜
우리 사업을 해 봐야지."

최석호의 눈에 욕심의 빛이 가득 떠올랐다.

며칠 후.

유벤의 사장은 희우에게 전화를 걸고 있었다.

"오늘 오후 2시에 파이낸싱에서 찾아온다고 합니다. 오늘이 결정지어질 날인 것 같은데 어떻게 할까요?"

-제가 말씀드린 대로 하시면 됩니다.

사장은 희우와 전화를 끊었다.

그의 입에서 긴장이 가득 서린 낮은 한숨이 흘러나왔다.

유벤의 사장은 떨리는 눈으로 창밖만 바라보고 있었다.

조금 시간이 지나자 검은 승용차가 주차장으로 들어왔다.

차에서 내리는 두 사람은 최석호와 김도현이었다.

그들을 본 유벤 사장의 심장이 긴장감으로 요동치기 시작했다.

잠시 후, 최석호는 유벤의 사장 앞에 앉았다.

사장을 노려보던 최석호가 낮은 목소리로 입을 열었다.

"박상만 사장이라고 알고 계시죠?"

단도직입적으로 이야기하는 최석호의 말에 유벤 사장은 당황할 수밖에 없었다. 어떻게 연기해야 할지 몰라서 하는 행동이었다.

어게인
마이라이프
SEASON 2

사장의 깊은 한숨을 들으며 최석호가 계약서를 내밀었다. 그리고 말했다.

"우리가 이 회사에 투자할 때 약속했던 계약 내용 중 세 가지가 지켜지지 않고 있습니다."

"네? 다 지키고 있는데요."

최석호가 손가락으로 한곳을 가리켰다.

그곳에는 '인력 감축'이라는 말이 적혀 있었다. 최석호가 말을 이었다.

"회사의 자금 동원력이 일정 부분 이하로 내려가면 인력을 감축시켜 재정 상태를 탄탄히 하는 것으로 계약하지 않았습니까?"

"……회사의 자금은 때에 따라 오르락내리락합니다. 지금은 자금이 없을 시기고요. 하지만 다음 달이 되면 수금되니 상관없을 겁니다."

"우리는 계약서대로 이야기합니다. 그리고."

최석호는 차갑게 말하며 다른 곳을 손가락으로 찍었다.

"투자받으실 때 이번 달까지 신제품을 완성시킨다고 말씀하셨습니다. 하지만 아직 소식이 없네요."

"다음 주면 완성에 대한 윤곽이 나옵니다. 처음 계약했을 때 분명히 계약은 그냥 하는 것이고 두세 달은 기다려 준다고 하지 않으셨나요?"

하지만 최석호는 여전히 차가운 목소리로 고개를 저었다.

"전 계약서만 봅니다."

그리고 또 다른 곳을 손가락으로 가리켰다.

"마지막으로 회사가 재료를 받을 때 동진 PCB에서 물건을 받기로 하셨습니다. 하지만 재료를 다른 곳에서 납품받으셨더라고요."

"급해서……. 그리고 동진에서 다음 주나 되어야 재료를 줄 수 있다고 해서 딱 한 번만 다른 곳에서 받았습니다."

최석호가 고개를 저었다.

"말씀드렸잖아요. 우리는 계약서대로만 움직입니다. 하지만 사장님은 계약서를 지키지 않으셨네요. 투자받은 금액을 회수하겠습니다."

"……!"

사장의 눈이 떨려 왔다.

지금 최석호가 하고 있는 말은 계약 당시와 전혀 달랐다.

그때 최석호의 옆에서 가증스럽게 웃고 있는 김도현은 분명 말했다.

-우리는 투자하는 업체이기 때문에 계약서 내용에서 조금 어긋난다 하더라도 회사가 발전 가능성이 있으면 기다립니다. 그렇잖아요? 원금 회수하겠다고 황금 알을 낳는 거위 배를 째는 것은 못난 인간들이나 하는 것이죠. 회사가 열심히 하고 있다, 앞으로 기일이 얼마나 남았다 하는 것을 확실

히 보고해 주시면 괜찮습니다.

　　그렇게 말했으면서 이런 식으로 나오다니…….
　　사장의 눈가 분노로 가득 차 있었다. 그는 입을 열었다.
　　"우…… 우리는 일이 돌아가는 상황을 분명히 알렸고 기일
이 조금 늦어지지만 분명히 완성할 수 있다는 것을 보고했을
텐데요."
　　최석호가 고개를 저었다.
　　"보고한다고 해서 우리가 기다려 준다는 계약은 없었습니
다. 지금 유벤에서 하고 있는 모든 것이 계약 위반입니다."
　　"……!"
　　"투자금을 되돌려 주지 않는다면 법대로 하겠습니다. 우
선 가압류를 걸지요."
　　가압류가 걸리면 회사의 자금을 운영하기가 쉽지 않아진
다. 게다가 법원에 소명 자료를 보내고 가압류가 취소될 때
까지의 시간도 만만치 않다.
　　유벤의 사장이 입을 꽉 깨물었다. 그리고 잠시 생각하다가
천천히 입을 열었다.
　　"투자받았던 돈을 돌려 드리겠습니다. 원금 100억 원 맞지요?"
　　최석호는 고개를 저었다.
　　"지금 주십시오."
　　생떼일 뿐이었다.

사장이 말했다.

"지금은 없습니다. 하지만 시일 내에 만들 수 있을 것 같으니 기다려 주십시오."

"시일 내에요?"

최석호가 알 수 없다는 표정으로 사장을 바라봤다.

하지만 최석호는 사장이 무엇을 노리고 있는지 알고 있었다.

바로 파주에 가지고 있는 임야. 그 임야를 박상만에게 넘겨 현금을 만들 생각을 하고 있다고 생각했다.

최석호가 입을 열었다.

"우리는 확실한 것이 좋아하니 지금 당장 돈을 어떻게 마련할지 보여 주십시오. 통장에 돈이 있다면 통장을, 수금 기일이 돌아오고 있다면 그 계약서를 보여 주십시오."

사장은 마른침을 꿀꺽 삼켰다.

최석호가 여간해서는 '땅'에 대한 이야기를 입 밖으로 꺼내지 않자 조급해지기 시작한 것이다.

사장은 떨리는 손으로 핸드폰을 들었다. 그의 전화가 향하는 곳은 상만의 전화였다.

신호 음이 울릴 때, 최석호가 입을 열었다.

"저도 들을 수 있도록 스피커폰으로 해 주십시오."

사장의 눈이 떨려 왔다.

만약 전화를 받은 상만이 쓸데없는 소리를 한다면 지금까지 계획했던 모든 것이 수포로 돌아가기 때문이다.

지금 상만과 전화하는 것은 어떤 시나리오에도 나와 있지 않은 것이었다.

하지만 사장에게 다른 방법은 없었다.

그는 스피커폰 버튼을 눌렀다.

통화 연결음이 이어지고 상만이 전화를 받자 사장이 입을 열었다.

"네, 박상만 사장님. 일전에 제 땅을 500억에 산다고 말씀을 하셨죠? 그 땅, 넘기도록 하겠습니다."

- 그래요? 갑자기 심경의 변화가 생긴 이유가 무엇입니까?

"그런 것까지 일일이 아실 필요가 있을까요? 팔아야 할 상황이 되었으니 파는 겁니다."

- ……

그런데 잠시 상만의 목소리가 흘러나오지 않았다. 그리고 잠시 후 상만이 입을 열었다.

- 안 파신다고 해서 우리가 다른 곳에 투자했거든요. 사장님의 땅이 그렇게 필요한 것도 아니고요. 하지만 꼭 파셔야 할 의사가 있다면 300억 정도면 어떻게 생각하십니까?

"네?"

사장은 당황했다.

상만이 '바로 사겠습니다.'라는 말을 해야 앞에 앉아 있는 상대방이 속을 거라고 생각했기 때문이다.

사장이 멍하니 수화기를 들고 있을 때 상만이 다시 말했다.

-싫으시면 생각해 보고 전화를 다시 주십시오.

뚝.

전화가 끊겼다.

사장은 당황한 표정으로 앞에 앉아 있는 최석호와 김도현을 바라봤다.

최석호의 입가에는 알 수 없는 미소가 걸려 있었다.

사장은 상만의 돌발 행동으로 당황하고 있었지만 최석호는 지금 상만의 목소리를 들으며 '과연 대단한 투자자'라고 생각하고 있었다.

사장의 목소리와 팔려고 하는 낌새를 보고 순식간에 가격을 낮춰 버린 것이다.

500억과 300억은 200억이라는 큰 차이를 보인다.

하지만 지금 급한 쪽은 사장.

사장이 수락한다면 상만은 200억이라는 돈을 아끼게 된다.

사장의 당황하는 얼굴을 보며 최석호가 사장의 손에서 핸드폰을 뺏어 들었다. 그리고 박상만의 이름을 전화번호부에서 삭제시키며 말했다.

"예의 없게 행동해서 죄송합니다. 하지만 전화를 걸고 있는 상대가 너무 속보이게 행동을 해서요."

사장은 그저 최석호를 물끄러미 바라보며 입을 열었다.

"전화 주십시오. 전화 걸어야 합니다. 그거라도 팔아야 제가 돈을 갚지 않겠습니까?"

최석호가 고개를 저으며 입을 열었다.

"지금 전화로 사장님의'땅이 그 정도의 담보가 된다는 것은 잘 알았습니다. 그럼 우리가 그 땅을 300억에 사는 건 어떨까요?"

"네?"

순간 사장은 미소를 지을 뻔했다. 하지만 희우에게 들은 말을 그는 기억하고 있었다.

─땅을 팔아야 하는 순간이 오면 아쉬운 척, 팔기 싫은 척 하세요. 그래야 놈들이 성공했다는 생각을 가지니까요.

최석호가 계속 말했다.

"300억이라고 해도 박상만 사장에게 파는 것보다 우리에게 넘기는 게 사장님에게는 이득일 겁니다. 사장님이 세금을 덜 낼 수 있도록 가격을 낮추는 다운 계약서를 작성하도록 하지요."

"네?"

사장은 멍해졌다.

그는 계속해서 희우가 말했던 아쉬운 표정을 지으려 했지만 어려운 일이었다.

그가 가만히 있자 최석호가 천천히 입을 열었다.

"아까 처음에 제가 박상만 사장을 알고 있냐고 물어봤죠?

전 그 사람을 잘 알고 있어요. 아주 나쁜 사람입니다. 계약을 걸 상황이 오면 돈을 깎기 위해 애쓸 겁니다. 하지만 전 깎을 생각이 전혀 없습니다."

최석호의 입에는 잔혹한 미소가 흘러나오고 있었다.

평당 100만 원이 넘어가던 땅을 75만 원에 살 수 있다는 생각에 기쁠 수밖에 없었다.

잠시 후, 최석호는 계약서를 들고 공장 밖을 빠져나오고 있었다. 그가 계약서를 김도현에게 넘기며 말했다.

"가지고 가서 처리하도록 해."

"네, 알겠습니다."

최석호의 시선이 하늘을 향했다.

"이제 한 1~2년 정도 몸을 숨기고 있으면 난 부자가 될 거야."

상만과 함께 커피숍에 앉아 있던 희우는 한 통의 전화를 받았다.

유벤 사장의 전화였다.

─지금 계약서를 가지고 갔습니다. 돈도 모두 주고 갔습니다.

"잘되었네요. 그럼 박상만 사장을 보내겠습니다. 저하고 처음 계약했던 대로 돈을 나눠 주십시오."

희우는 전화를 끊고 상만을 바라봤다.

"유벤에 가서 절반 가지고 와."

"절반요?"

"응."

그렇게 말하며 희우는 자리에서 일어섰다.

상만이 물었다.

"사장님은 어디 가세요?"

"이제 이 일의 마무리를 하러 가야지."

희우는 밖으로 나가 차량의 시동을 걸었다. 그리고 출발하기 전 중앙 지검의 윤수련 검사에게 전화를 걸었다.

"최석호와 김도현을 잡으십시오. 그리고 파이낸싱에 압수수색 들어가시고요."

─네? 놈들이 법을 어긴 정황을 찾아냈나요?

"일단 드러난 죄로는 횡령을 했습니다. 금방 중앙 지검에도 신고 전화가 갈 테니 준비하시는 게 좋을 겁니다."

희우는 전화를 끊었다. 그리고 제왕 백화점으로 차를 이동시켰다.

잠시 후, 희우가 앉아 있는 곳은 제왕 백화점 대표이사실이었다.

백화점의 대표이사실이어서 그런 건지 아니면 천유성 사장의 성격을 보여 주는 것인지 그 어느 대표실보다 화려했다.

희우가 앉아 있는 소파의 앞에는 제왕 그룹 천호령 회장의 둘째 아들 천유성 사장이 앉아 있었다.

천유성 사장이 여유롭게 미소 지으며 입을 열었다.

"유명하신 분이 여기까지는 어떤 이유로 행차하셨소?"

"변호사 일을 하다 보면 여러 가지가 눈에 들어오고 들려오기도 하네요. 제가 최근에 의뢰를 받은 곳 중에 유벤이라는 회사가 있습니다."

유벤의 이름은 천유성 사장도 최석호의 입을 통해 알고 있었다. 하지만 그는 모르는 척 되물었다.

"그래서요?"

"그곳이 어떤 파이낸싱에서 투자받았는데……."

희우는 천유성 사장에게 그 파이낸싱이 몇 억 안 되는 땅을 몇백억을 주고 샀다는 말을 전했다.

천유성 사장이 미간을 찌푸렸다.

희우가 계속 말했다.

"돈을 주고 사는 것이야 자기 마음이니까 뭐라고 할 수 없는 일인데 놈들이 어디서 돈을 융통했을까요?"

천유성 사장은 여유로운 표정을 지우지 않고 입을 열었다. 하지만 그의 말은 어느새 반말로 바뀌어 있었다.

여유롭지만 감정의 동요는 있다는 것이었다.

"그 말을 내게 하는 이유가 뭐지?"

희우의 눈이 천유성 사장의 눈빛을 정면으로 받아 내고 있었다.

Chapter 5

　　희우가 가만히 천유성을 바라봤다. 그는 파이낸싱이 자신과 연관이 있다는 것을 밝히고 싶지 않아 하고 있었다.

　　희우가 입을 열었다.

　　"변호사 일을 하고 있으면 세상의 여러 일을 들어 알 수 있습니다. 파이낸싱에서 제왕 캐피탈의 돈을 빌려 사업을 하고 있더군요. 제왕 캐피탈은 사장님의 지분이 상당한 곳 아닌가요? 파이낸싱에 돈을 빌려줬는데 못 받을까 봐 걱정되네요."

　　천유성이 피식 웃었다.

　　"우리 그룹과 싸우려고 하는 분이 걱정도 해 주시고, 참 감사하네."

희우가 고개를 저었다. 그리고 낮은 목소리로 말했다.

"잘못된 것은 잡아야 하니까요."

지금까지 웃고 있던 천유성의 눈빛이 싸늘해졌다. 그리고 두 사람이 있는 공간은 차갑게 얼어붙기 시작했다.

"우리가 잘못하고 있다는 건가?"

"천호령 회장님은 제왕 그룹을 만들고 이뤄 냈다는 박수를 받아야 마땅하지만 그 이면으로 많은 과오를 남기신 분입니다."

"......!"

"조선의 역사를 예로 들겠습니다. 조선의 세 번째 왕인 태종은 왕위를 차지하기 위해 숱한 피를 뿌렸습니다. 하지만 그 피를 바탕으로 세종대왕이 태평성대를 이뤘습니다."

천유성이 어이없는 표정을 지었다.

"지금 무슨 궤변을 하고 있는 거지?"

"천호령 회장님은 세종이 될 수 없습니다. 태조일 뿐이지요. 그럼 태종은 자연스레 그룹의 본부장인 천지용 본부장님이 되는 건가요?"

희우의 말은 천유성에게 왕좌의 싸움을 하라는 뜻이었다.

하지만 천유성의 표정에 변화는 없었다.

가만히 천유성의 눈동자를 보고 있던 희우는 속으로 헛웃음을 지었다.

희우는 보통 사람이라면 표정을 감추고 있어도 눈동자를 보면 의중을 알 수 있었다. 하지만 천유성의 생각은 전혀 읽을 수가 없었다.

가만히 바라보던 두 사람.

천유성 사장이 고개를 끄덕이며 입을 열었다.

"세종이라……. 내가 자네와 손잡고 회장이 되어 좋은 그 룹으로 만들어 달라는 건가?"

"네."

천유성이 고개를 저었다.

"내가 자네하고 손잡는다고 해서 어떤 이득이 남을지 모르 겠어. 결국은 적과 손잡는다는 게 아닌가?"

희우의 입꼬리가 살짝 올라갔다.

지금 마주하고 있는 천유성은 생각 이상으로 대단한 사람 으로 생각되었다.

보통 이런 자리에 앉아 있는 사람은 상대를 무시하기 마련 이었지만 천유성은 그렇지 않았다.

그는 희우를 상대로 반말과 존댓말을 섞어 하고는 있었지 만 그 어떤 무시하는 발언도 하지 않고 있었다.

지금도 '어떤 이득이 남을지 모르겠어.'라고 말했지, '너 따 위와 손잡아도 이득은 없어.'라는 말은 하지 않았으니까.

천유성은 적당한 거리를 둔 채 희우를 가만히 바라보고만 있었다. 마치 개구리를 앞에 둔 뱀이 기회를 엿보며 가만히 쏘아보는 것 같았다.

희우가 말했다.

"도움이 될지 안 될지는 천천히 보여 드리겠습니다. 우선 사장님의 귀찮은 곳부터 털어 드리죠."

"귀찮은 곳을 털어 주면 내가 적과 손잡아야 한다는 것인가?"

"그건 그때 판단하십시오."

희우는 자리에서 일어나 가볍게 인사한 후 대표이사실의 문을 향해 걸어갔다.

문 앞에 선 희우가 잠시 몸을 돌려 다시 입을 열었다.

"파이낸싱 건은 잘 알아보시기 바랍니다."

"그러지."

희우는 다시 살짝 고개를 숙인 후 대표이사실을 빠져나갔다.

희우는 자신이 하고 싶은 말은 전했다.

이제 천유성이 희우의 계획대로 움직여 주기를 바랄 뿐이었다.

천유성 사장은 문 밖으로 나가는 희우의 뒷모습을 찬찬히 바라보고만 있었다. 그리고 그가 완전히 밖으로 나가 문이 닫혔을 때가 되자 전화기를 천천히 들어 올렸다.

"최석호가 무엇을 하고 다니는지 알아봐. 문제가 있다면 검찰에 넘기도록 하고."

─검찰에 넘깁니까?

"벌레까지 우리가 신경 쓸 필요는 없어."

─알겠습니다.

전화를 끊은 천유성은 다시 희우가 나간 문을 바라보고 있었다.

이미 굳게 닫힌 문을 보며 천유성이 나직이 입을 열었다.

"도대체 뭘 원하는 거냐?"

그때 백화점의 밖에서는 희우가 고개를 들어 천유성의 사무실이 있는 곳을 바라보고 있었다.

"널 선택한 이유는 네가 아무도 믿지 않기 때문이야."

며칠 후.

최석호는 차가운 구치소의 구석에 앉아 있었다.

중국으로 떠나려던 그는 기업 사냥을 했다는 혐의와 각종 사기로 공항에서 잡혀 버렸다.

천유성이 어떻게 알았는지 최석호가 가진 죄를 검찰에 넘기고 잡아 버린 것.

절망적인 상황이었지만 최석호의 눈빛은 아직 살아 있었다. 그의 심복인 김도현이 경찰을 피해 도망갔기 때문이다.

최석호가 낮은 목소리로 중얼거렸다.

"김도현은 나를 배신하지 않을 거야, 그리고 놈은 착한 척하지만 자신의 이득을 위해서는 머리를 쓸 줄 알지. 천유성, 나의 행동을 어떻게 알았는지 모르겠지만 돈은 아직 우리에게 있다. 몇 년 살다가 나와서 난 부자로 살 거야."

최석호는 아직까지 파주의 땅을 믿고 있었다.

그 시각, 언론은 난리가 났다.

―기업 사냥꾼에 대해서 알고 계십니까? 자기 돈을 들이지 않고 대출을 받아 기업을 사들이는 게 바로 그들의 정체입니다. 달콤한 말로 투자하겠다고 건실한 기업을 인수한 뒤 돈만 빼먹고 망가뜨리는 그들, 그런 기업 사냥꾼 중에 최고로 불리고 있는 최 씨가 중앙 지검의 수사망에 걸렸습니다. 검찰은 '최 씨가 망가뜨린 회사가 서른 군데가 넘는다는 말을 전했으며 수사가 진행되면 추가 범행이 드러날 것이라고 말했습니다. 한편 공범인 김도현 씨는 현재 도주 중이며 경찰이 추격하고 있습니다. 검찰은 김도현 씨를 공개 수배하기로 하고 전국에 사진과 이름을 알리고 있는 중입니다.

한편, 김도현은 서울의 한 허름한 모텔에 앉아 컵라면을 먹고 있었다.
그는 주머니를 뒤적거려 종이 한 장을 꺼내 들었다.
바로 유벤의 사장에게 산 임야의 계약서였다.
'이게 있으면 그래도 도망갈 수 있어.'
검찰에게 조사받고 있는 최석호는 김도현이 배신하지 않

을 거라고 생각했지만 그건 잘못된 생각이었다.

김도현은 계약서를 현금화시키면 수백억이 손에 들어온다고 생각했다. 그러면 도망갈 수 있는 자금을 만들어 낼 수 있다고 믿었다.

이미 김도현에게 최석호라는 이름은 기억에서 사라진 지 오래였다.

김도현이 자리에서 일어나 모텔의 창문을 가리고 있는 커튼을 살짝 열어젖혔다.

따가운 햇볕이 눈에 들어왔다.

잠시 눈을 찌푸린 그는 밖을 확인했다.

경찰로 보이는 사람은 없었다.

다시 커튼을 가린 그는 침대에 둔 가방을 들어 임야를 매수한 계약서를 꺼내 들었다.

이 땅을 사 줄 사람은 알고 있었다.

바로 박상만.

그 사람이라면 이 땅을 사 줄 거라고 생각했다.

물론 상황이 이렇다 보니 흥정하기도, 온전히 제 값을 받기도 어려울 것이다. 하지만 50억이라도 받을 수 있다면 해외로 도망쳐 평생 떵떵거리며 살 수 있다.

그는 박상만에게 전화를 걸기 위해 핸드폰을 들어 올렸다가 내렸다. 아무리 대포폰이라고 할지라도 핸드폰으로 전화를 거는 것만큼 위험한 일이 없었다.

그는 침대에 벌러덩 누웠다. 그의 시선은 천장에 가 있었다.

대한민국의 법이 닿지 않는 해외에서 황제처럼 살고 있는 자신의 모습이 보이는 것만 같았다.

그렇게 그는 스르륵 눈을 감았다.

그리고 다음 날 이른 아침. 그는 모자를 눌러쓰고 상만의 사무실을 찾아갔다.

하루를 살기 위해 바삐 걷는 사람들은 김도현이 옆으로 지나가고 있었지만 아무도 관심조차 없었다.

김도현은 상만의 사무실 앞에 도착해 바로 앞 건물 사이의 구석에 몸을 숨기고 기다렸다.

시간이 지나갔다.

오전이 지나고 점심이 되었지만 상만의 얼굴은 보이지 않았다.

오늘은 출근하지 않았는가?

오후가 되었을 때, 김도현은 다시 모자를 고쳐 썼다. 그리고 상만의 사무실에서 나오는 사람에게 다가갔다.

상만이 출근했는지 직접 물어볼 생각이었다.

목표로 한 사람의 앞에 도착한 김도현이 물었다.

"혹시 박상만 사장님, 오늘 출근하셨나요?"

김도현의 질문을 받은 사람은 연석이었다.

연석은 눈을 깜빡거리며 김도현을 바라봤다. 그리고 조금 생각하다가 입을 열었다.

"박상만 사장님은 뒤에 오세요."

김도현은 사무실에서 나오는 상만을 확인하고 크게 숨을 들이마셨다.

그는 지금 경찰에 쫓기고 있는 상황. 박상만이라는 사람이 땅을 얼마에 사 줄지 알 수 없었다.

어쩌면 경찰에 신고할 수도 있었다.

생각하던 김도현은 고개를 저었다.

'땅에 욕심을 내고 있던 만큼 헐값에라도 사 줄 거야. 지금은 이 방법밖에 없어.'

김도현은 고개를 들고 상만을 바라봤다.

두 사람의 눈이 하공에서 마주쳤다.

모자를 눌러썼지만 상만은 그가 누군지 알 수 있었다.

상만은 빙긋이 잔인하게 웃었다.

그러자 그 미소를 본 김도현은 뭔가를 느꼈는지 주춤주춤 뒤로 물러섰다.

뭔가가 잘못되었다고 생각한 것이다.

그러나 이미 늦었다.

그리고 도망가기에도 늦었다.

연석이 갑자기 김도현의 팔을 잡아 뒤로 꺾었기 때문이다.

"아!"

그의 외마디 비명 소리가 나올 때, 상만은 천천히 전화를 들어 올렸다.

"경찰이죠? 여기 지금 수배범을 잡았는데요."

—네? 수배범요?

"김도현인 것 같은데. 혹시 포상금도 있나요?"

김도현은 흡사 도깨비에게 홀린 것 같은 기분에 반항도 하지 못했다. 그저 멍하니 들려오는 경찰 사이렌 소리를 듣고 있을 뿐이었다.

"이게 도대체 어떻게 된 일이야?"

상만은 연석에 의해 팔이 꺾인 김도현을 보며 고개를 저었다. 그리고 연석에게 말했다.

"사장님 정말 대단하지 않아? 어떻게 이놈이 나를 찾아올 거라고 예상하셨지?"

김도현이 비명과 같은 소리를 질렀다.

"도대체 어떻게 된 거야!"

그의 외침에 상만이 몸을 숙여 김도현과 눈높이를 맞췄다. 그리고 조용히 말했다.

"몰라서 물어? 넌 속은 거야."

그날 밤.

희우는 곱창 가게에 상만과 앉아 있었다.

상만이 말했다.

"김도현이 끝까지 믿지 않던데요?"

"자신이 속았다는 걸 인정하고 싶지 않았을 테니까."

두 사람은 도란도란 이야기를 나눴다.

잠시 후, 상만이 뭔가를 떠올렸다는 듯 입을 열었다.

"제 아래 직원 중에 서도웅이라고 있어요. 녀석이 사장님을 한번 뵙고 싶어 하는데 괜찮을까요?"

"서도웅?"

그 이유만으로 상만이 희우에게 소개시켜 줄 이유는 없었다.

희우가 물끄러미 바라보자 상만이 말을 이었다.

"믿을 만하고 우직한 성격이에요. 그리고 소극단에서 연극을 했던 놈입니다. 아래에 두고 쓰면 쓸 만하실 겁니다. 뭐, 녀석이 사장님을 만나고 싶다고 하는 이유는 저한테 시달리는 거 힘들다고 지분이 있는 사장님에게 하소연하고 싶다는 거지만요."

희우가 불러도 상관없다는 식으로 고개를 끄덕이며 말했다.

"그러게 사원들 복지 좀 잘해 주지 그랬어? 퇴근 시간도 맞춰 주고 주말에 일시키지 말고."

희우의 말에 상만이 눈을 동그랗게 떴다.

"헐. 제가 하는 건 다 사장님한테 배운 건데요?"

상만의 볼멘 소리에 희우는 어깨를 으쓱해 보였다.

잠시 후, 서도웅이라는 이름의 남자가 곱창집으로 들어왔다.

서도웅은 덩치가 상당했다. 키도 컸고 뚱뚱한 몸은 후덕하게 보이고 있었다. 그는 희우의 앞에서 과할 정도로 차려 자세를 한 후에 90도로 고개를 숙였다.

"서도웅이라고 합니다. 우리 회사의 실질적 주인이시라는 말을 박상만 사장을 통해 많이 들었습니다."

상만이 과한 행동을 하는 서도웅을 째려보며 말했다.

"만나면 하고 싶은 말 있다며? 어서 해 봐."

서도웅이 상만의 눈치를 봤다. 상만이 다시 입을 열었다.

"편하게 해. 여기서 나온 말로 뭐라고 안 할게."

상만의 말에 서도웅이 굳은 결심을 했다는 표정과 함께 고개를 끄덕였다. 그리고 입을 열었다.

"우리 사장님, 퇴근 좀 시켜 주십시오! 매일 변호사님의 일을 하느라 퇴근도 못 하고 계십니다. 박상만 사장님이 결혼식장에 들어가는 모습을 꼭 보고 싶습니다!"

희우가 황당한 표정으로 상만을 바라봤다.

"이거 너한테 불만 있는 게 아닌데?"

상만은 어이없다는 눈빛과 함께 서도웅을 향해 시선을 옮겼다.

서도웅은 그런 상만을 보며 잘했다는 표정으로 테이블 아래에 엄지를 척 올리고 있었다.

상만이 한숨을 내쉬었다. 그리고 희우에게 말했다.

"이상한 놈이니까 크게 신경 쓰지는 마세요."

서도웅이 다시 희우에게 입을 열었다.

"이제 박상만 사장은 결혼하라고 놔두고 저를 충신으로 써 주십시오. 열심히 하겠습니다."

상만의 눈에 황당함이 가득했다.

"야, 사장님의 2인자는 나야. 3인자는 연석이. 넌 꼽사리."

서도웅이 진지한 표정으로 고개를 저었다.

"박상만 사장님은 결혼하셔야죠."

"술이나 마셔."

상만은 더 이상 서도웅의 헛소리를 듣지 않고 그의 잔에 술을 채웠다.

옆에서 보고 있던 희우가 피식 웃고 말았다.

헛소리를 꽤 잘하는 상만이었다. 그런데 아래에 두고 있는 부하 직원 역시 만만치 않게 헛소리를 하고 있었다.

희우가 말했다.

"부하 직원하고 사장하고 비슷하구나."

그 말에 상만이 씨익 웃으며 입을 열었다.

"그죠? 사장님하고 저하고 비슷하죠?"

"그건 아니고."

그렇게 한 잔, 두 잔, 잔을 비우며 그들의 밤이 지나갔다.

희우는 변호사 사무실에 앉아 신문을 보고 있었다. 그의 시선은 단 하나의 기사에 눈이 멈춰진 상태였다.

똑똑똑, 문을 두들기는 소리가 들리며 김지임 비서가 오렌지 주스를 들고 안으로 들어왔다.

희우가 오렌지 주스를 건네받으며 살짝 고개를 숙여 감사 인사를 전했다.

"감사합니다."

"아닙니다."

돌아 나가려고 하는 김지임 비서에게 희우가 말했다.

"이 사람한테 전화 좀 해 주시겠어요?"

"네?"

희우는 신문 기사를 손으로 가리키고 있었다.

김지임 비서가 고개를 빼꼼 내밀어 희우가 가리키고 있는 기사를 확인했다.

제왕 화학, 병역 비리

제왕 화학 사장의 이름은 주기율. 그는 천호령 회장의 넷째 사위였다.

김지임 비서가 몸을 바로 세운 후 말했다.

"제왕 화학에 연락할까요?"

"아니요. 이 병사용 진단서를 발급해 줬다는 의사에게 연락해 주세요."

"네?"

당연하지만 의사는 돈이 될 수 없다.

돈이 되는 것은 제왕 화학. 하지만 희우는 제왕 화학에는 관심이 없는 것 같았다.

김지임 비서는 더 이상 생각하는 것을 멈추고 고개를 끄덕였다. 그녀를 보며 희우가 말을 이었다.

"연락받으면 바로 전화 돌려 주세요."

"네, 알겠습니다."

김지임 비서가 밖으로 나가자 희우는 슬쩍 미소 지었다.

희우는 천유성이 털어 내고 싶어 하는 무엇인가를 대신 해 주겠다는 말을 했다. 그리고 제왕 화학이라면 충분히 메리트가 있는 일이었다.

잠시 후, 희우의 사무실 전화기가 울렸다.

-기…… 김희우 변호사님이시라고요?

"네, 김희우입니다."

-제…… 제가 병사용 진단서를 발급했다는 의사 정형학입니다. 이건 잘못된 겁니다. 전 안 했어요. 전 정말 아니에요.

"알겠습니다. 사무실로 와 주십시오. 일단 오셔서 이야기를 들어 보도록 하죠."

희우는 전화를 끊고 눈을 감았다.

이전의 삶에 있었던 기억이 떠올랐다.

병역 비리에 대한 일은 끊이지 않고 흘러나왔다.

그중에 가장 미심쩍은 사건이 바로 이 사건이었다.

제왕 화학 주기율 사장 아들의 병역 비리.

시민 단체에서 주기율 사장 아들의 병역 비리를 잡고 늘어지며 의사가 소환되어 조사받았다.

담당한 의사는 끝까지 억울하다고 외쳤다.

하지만 그의 목소리는 언론에 흘러가지 않았다.

검찰과 언론에서 묵살되었다.

그리고 결국 감옥에 간 것은 해당 의사뿐.

모두에게 공평해야 할 법은 의사에게만 엄격했다.

희우의 손가락이 책상을 툭툭 치기 시작했다.

그의 생각은 해당 의사가 정말 누명을 쓰고 있는 것은 아닌지에서 시작되고 있었다.

생각을 하던 희우가 고개를 저었다.

사건에 대해 자세히 알고 있지 못한 상황에서 섣부른 생각은 금물.

일단을 이야기를 나누고 조사해 봐야 할 일이었다.

잠시 후, 문이 열리고 한 남자가 안으로 들어왔다.

"제…… 제가 정형학입니다. 병원에서 아직 혐의가 확정되지 않아서 진료를 보고는 있는데 저는 정말 아닙니다."

횡설수설. 그는 희우의 전화를 받고 바로 달려왔는지 이마에 땀이 송골송골 맺혀 있었다.

그는 떨리는 표정으로 희우의 앞에 앉았다.

희우가 물었다.

"말씀을 들어 보고 싶습니다."

"네, 네."

정형학은 자신의 가방에서 서류를 꺼내 앞에 뒀다.

"제가 발급했던 진단서입니다."

진단서는 제왕 화학 주기율 대표의 아들 주용성의 것이 맞았다.

희우가 물었다.

"발급한 것은 맞고요?"

"네, 제가 발급한 게 맞습니다. 하지만 제가 만난 환자는 주용성 그 사람이 아니었어요. 다른 사람이었습니다. 병원의 신분 확인 절차가 허술한 점을 노리고 접근했습니다."

"……."

희우는 가만히 정형학의 이야기를 들었다.

주용성의 명의로 MRI 촬영을 예약한 후 실제 환자가 나타나 사진을 찍었다는 것.

희우는 고개를 끄덕였다.

환자를 바꿔 보험금을 챙겼던 보험사기 일당의 행적도 있었으니 마음만 먹으면 어려운 일은 아니었다.

정형학은 억울하다는 듯 계속 말을 이어 갔다.

"제가 지문을 확인하는 것도 아니고 그 사람이 누군지 어떻게 알겠습니까? 제가 보는 건 오직 환자뿐인데요. 여기 보면 MRI 사진이 있는데요."

정형학은 긴장되었는지 자신의 무죄를 말하기 위해 횡설수설 말을 이어 갔다.

주로 의학적인 이야기였기에 희우는 모르는 단어는 수첩을 꺼내 적으며 그의 이야기를 들었다.

한참 이야기를 듣던 희우가 물었다.

"그러니까 요점은 MRI에 찍힌 사진이 주용성 본인이라면 이 상태로는 걸을 수 없다는 거죠?"

"네, 절대 걸을 수 없죠. 의족을 사용하지 않는 한 어렵습니다. 전 그런 사람에게 진단서를 내준 겁니다."

"그런데 지금 병역 비리가 불거져 나와서 까 보니까 이 사람이 아니고요?"

"……네, 맞습니다."

"확실합니까?"

희우의 눈은 상대의 눈을 들여다보고 있었다.

정형학이 고개를 끄덕였다.

"네, 확실합니다. 날짜를 보면 5년 전인데 진단서에 대한 비리를 저지르기에는 너무 어린 나이가 아닌가요? 누가 의뢰해 올 일도 없고요."

희우는 서류를 들어 보며 입을 열었다.

"5년 전이면 CCTV 기록은 당연히 남아 있지 않겠군요."

"……네."

"알겠습니다. 제가 변호를 맡아 보겠습니다."

"네? 저…… 정말요?"

모두가 거부한 변호였다.

그런데 이렇게 간단히 하겠다고 하니 의사 정형학은 눈을 껌뻑이고 있을 뿐이었다.

희우가 입을 열었다.

"이기려면 선생님의 도움이 필요합니다. 도와주시겠습니까?"

"네, 하겠습니다. 당연히 해야지요."

희우가 그를 향해 손을 내밀었다.

악수하는 두 사람.

희우가 말했다.

"병원을 옮겨야 할지도 모르고, 어쩌면 개인 병원을 차려야 할지도 모릅니다. 그게 아니더라도 제왕 화학의 일가에게 미움을 받을 수도 있습니다. 재벌에게 찍힌다는 것은 끔찍한 일이죠."

정형학이 고개를 저었다.

"상관없습니다. 뭘 하든 지금보다는 좋지 않을까요?"

희우가 고개를 끄덕였다. 그리고 그에게 말했다.

"그럼 먼저 해 주셔야 할 게 있습니다."

"말씀만 하십시오."

"하나의 시놉시스를 써 보겠습니다. 아직은 완성된 대본이 아니라 시놉일 뿐이죠."

정형학은 희우의 입에 집중했다. 그리고 희우는 가만히 그에게 자신이 생각하고 있는 것을 이야기하기 시작했다.

"병원까지 환자를 데리고 올 브로커가 있어야 합니다."

"브…… 브로커요?"

"브로커는 절대 혼자 일하지 않아요. 해당 병원에 조력자가 필요합니다. 그게 선생님일 수도 있죠."

정형학이 빠르게 고개를 저었다.

"저는 아니에요."

"시놉시스일 뿐입니다. 아직 완성되지 않았어요. 그럼 계속 말하겠습니다. 조력자는 누가 좋을까요? 환자를 선생님 방으로 보낼 간호사? 아니면 해당 MRI 영상을 관리하는 방사선사? 또는 병원 전체를 경영해야 하는 병원장일 수도 있겠네요."

정형학의 눈이 좌우로 움직였다. 의심되는 사람을 찾고 있는 모양이었다.

그에게 희우가 말을 이었다.

"지금이 절호의 기회일 수 있습니다. 선생님이 걸렸다면 조력자는 어떤 마음을 가지고 있을까요? 자신도 걸리지 않을까, 불안하지 않을까요?"

끄덕끄덕, 정형학의 고개가 움직였다.

희우가 계속 말했다.

"주변에서 평소와 다른 행동을 하는 사람을 찾아 주세요."

"그…… 그만뒀을 수도 있지 않나요?"

"그렇죠. 하지만 범인은 찾아올 겁니다. 선생님의 분위기를 파악하기 위해서요."

정형학이 한숨을 내쉬며 말했다.

"알겠습니다. 최대한 찾아보겠습니다."

"주변을 살피고 의심되는 사람은 모두 말씀해 주십시오."

"네."

정형학이 밖으로 나가고 희우는 자리에서 일어섰다.

변호를 맡겠다고 말했지만 상대가 정말 잘못을 했다면 변호를 포기하면 되는 일이었다. 하지만 그렇지 않았기에 상대에게 변호를 약속하며 병원의 일에 대해 자세히 확인할 수 있는 조력자를 얻게 되었다.

희우는 창가로 걸어가 창밖을 내려다봤다.

무엇이 진실이든 사건으로부터 상당한 시간이 지났기에 쉽지 않을 싸움이었다.

기록과 증거는 이미 사라졌다.

남아 있는 것은 오직 정형학의 사인이 되어 있는 진단서.

희우의 손가락이 탁, 탁, 탁, 창틀을 치기 시작했다.

걸을 수 없는 사람이 와서 병사용 진단서를 받았다.

그 사람은 주기율 사장의 아들이라고 주장한다.

지금 주기율 사장의 아들은 기적이 일어났는지 잘 걸어 다닌다.

하지만 주기율 사장의 아들은 지금 일본 지사에 나가 있는 상황.

　　들어오라고 압박을 넣어도 당연히 오지 않을 가능성이 높다.

　　여론이 식고 사건이 잠잠해지면 사람들의 기억 속에서 재벌 가문의 한 명이 병역 비리를 받았다는 것은 당연히 잊힐 테니까.

　　그런 일은 국민들의 인식 속에 언제든 일어날 수 있는 일일 뿐이니까.

　　희우의 눈이 스르륵 감겼다.

　　제왕 화학의 사장 주기율은 셋째 천하민 사장과 손잡고 있는 것으로 알려져 있다. 당연히 천하민 사장과 친하다는 것은 둘째 천유성이 보기에는 눈엣가시였다.

　　희우의 눈이 천천히 떠졌다.

　　다음 날 저녁, 희우는 민수와 만났다.

　　지검 근처에 있는 호프집이었다.

　　민수가 부스스한 머리를 긁적이며 입을 열었다.

　　"윤수련이는 어때? 쓸 만해?"

　　"나쁘지는 않아요."

　　"흘흘흘, 윤수련이도 공부만 하던 외골수라 다루기는 쉽지 않을 거야."

민수가 술병을 들어 희우의 잔을 채웠다.

희우가 술잔을 받으며 말했다.

"검찰에서 제왕 화학 주기율 사장 아들 주용성에 대한 증인 요청했지요?"

"하기는 오래전부터 했지. 그런데 해외 업무가 바쁘다고 올 수 없대. 당연히 그렇게 말하겠지. 나 같아도 안 오겠다. 어차피 조금 지나면 잠잠해질 텐데."

민수는 답답한지 술잔을 들어 한입에 털어 넣었다. 그리고 다시 술병을 들어 잔을 채우며 말했다. 그의 말투는 몹시 지금 상황이 마음에 들지 않다고 말하고 있었다.

"주기율 사장은 의사가 허위 사실을 유포했다며 역으로 고소를 들어왔고. 지금 이러니까 인터넷 기사에 댓글 보면 검찰이 무능하다, 재벌과 손잡았다 같은 소리를 듣고 있지."

"……"

"솔직히 지금 검찰총장까지는 너 때문에 어부지리로 올라간 사람이잖아?"

민수가 어부지리로 올라갔다고 말한 것은 나쁜 뜻으로 한 말은 아니었다.

검찰총장에 오르기 위해서는 정치권과 끈이 닿아 있어야 했던 예전과 달리 지금 검찰총장은 손바닥을 비비지 않고 실력으로 올라가고 있기 때문이다.

하지만 희우가 정치계를 떠난 지금은 달랐다. 다시 정치권의 검은 손이 검찰을 향해 내려오는 중이었다. 그래서 중앙지검의 정필승 지검장이 정치권의 눈 밖에 나지 않기 위해 애쓰고 있기도 했다.

희우가 입을 열었다.

"그 정형학이라는 의사에 대한 변호를 제가 맡기로 했습니다."

민수가 손을 내저었다.

"하지 마. 너만 다쳐."

"……."

"정형학도 따로 조사하고 있는 중인데 병역 비리 말고도 다른 의혹이 많은 놈이야."

"다른 의혹요?"

"응. 하지만 더 이상은 말 못 해. 어디까지나 넌 변호사고 난 검사니까."

민수는 희우에게 차가운 말투로 선을 그었다.

그의 눈을 가만히 바라보던 희우는 고개를 끄덕였다.

국어사전에 보면 '친하다'라는 단어를 '가까이 사귀어 정이 두텁다.'라고 정의 내리고 있다.

그 뜻으로만 본다면 희우와 민수는 친하다.

하지만 그 이상의 신뢰 관계는 아니었다.

두 사람은 타인을 쉽게 믿지 않는 성격이었다.

잠시 생각하던 희우가 머리를 긁적였다. 그리고 조용히 입을 열었다.

"조금 이상하지 않아요?"

"뭐가?"

"연예인이나 정치인 병역 비리에 대한 것은 곧잘 터지잖아요."

민수의 눈이 날카롭게 떠졌다.

연예인과 운동선수 그리고 정치인에 대한 병역 비리 사건은 있어도 재벌 가문의 병역 비리에 관한 사안은 쉽게 찾아보기 어려웠다.

그들이 모두 깨끗하게 군대를 다녀와서 터지지 않는 게 아니었다.

정치인의 경우는 국민들의 투표를 통해 당선되기 때문에 이미지라는 게 상당히 중요했다.

연예인이나 운동선수도 이미지의 중요성은 말할 것도 없었다.

하지만 재벌 가문은 아니었다.

선거를 통해 재벌이 되는 것도, 인기를 통해 먹고사는 것도 아니니까.

즉, 병역 비리로 재벌 가문을 흔들기는 어렵다는 뜻이었다.

민수가 입을 열었다.

"내가 이번 병역 비리 터지고 몇 가지 알아봤는데 웃긴 게 뭔지 알아?"

"……."

"일반인 병역면제율이 29%야. 열 명 중에 일곱 명은 군대를 간다는 거지. 그런데 재벌가도 열 명 중에 여섯 명은 군대를 가더라. 안 갈 줄 알았는데. 흘흘흘."

병역에 대한 사항이 민감해지며 국회의원과 같은 고위 공직자의 자식도 무리해서 군대를 빼는 일이 적어졌다.

민수가 계속 말을 이었다.

"그런데 제왕 그룹은 열 명 중에 세 명만 군대에 가. 너희 처갓집인 천하 그룹도 60%가 병역면제더라."

민수는 천하 그룹을 들먹였다.

먼저 잡으려면 가까이 있는 천하 그룹부터 쑤셔야 하지 않겠냐는 뜻이었다.

"죄를 저질렀으면 누구나 평등하게 법정에 서야 한다는 게 제 생각입니다."

"상대가 천하 그룹이라고 해도?"

희우는 머뭇거리지 않고 고개를 끄덕였다.

민수의 입가에 묘한 미소가 걸렸다.

"좋아. 다시 원점으로 돌아가서 말해 보자. 연예인이나 정치인과 달리 사람들의 인기에 연연하지 않는 재벌 가문의 병역 비리가 왜 터졌을까, 이거지?"

"네."

"뒤에 뭔가가 있다? 뭘 감추려고 한다?"

희우가 어깨를 으쓱해 보였다. 거기까지는 그도 알 수 없

어게인
마이라이프
SEASON2

으니까.

민수가 다시 부스스한 머리를 긁적였다.

"재밌겠네. 내가 뭘 해 줄까? 흘흘흘."

"선배가 움직일 수 있는 시민 단체에 연락해서 일단 주용성에 대한 소환 시위를 열어 주십시오."

"장소는 제왕 화학 본사 앞?"

"그럼 좋지요."

민수가 고개를 끄덕이며 술잔을 들었다.

"시민 단체를 통해 앞으로 압박하면서 뒤로는 그 의혹을 캐자는 거지?"

"의혹을 캐는 것은 선배가 할 일이고요."

"너는?"

"제가 할 일은 이참에 주기율 대표까지 끌어내 보려고요."

민수가 고개를 갸웃거렸다.

"알겠지만 난 이걸로 주용성을 잡을 수 있다고 생각하지 않아. 재벌 가문은 이런 일로 흔들리지 않고 도덕적인 것을 별개로 여기고 있으니까."

희우가 고개를 저었다.

"하지만 일반 사람들은 재벌들이 노블레스 오블리주를 펼쳐 주기를 바라죠. 윤리 경영 같은 좋은 말 있잖아요."

"윤리 경영, 좋은 말이지. 하지만 동화 속 이야기지."

"제왕 화학을 흔드는 것까지는 어려워도 주기율 대표를 대표 자리에서 물러나게 하는 것은 가능할 겁니다."

민수가 다시 묘하게 웃기 시작했다.

"흘흘흘, 어렵겠지만 재밌겠다."

며칠 후.

서울 여의도에 있는 제왕 화학 본사.

앞에서 시민 단체들이 피켓을 들고 시위하는 중이었다.

피켓의 내용은 '윤리 경영', '주기율 대표는 퇴임하라', '주용성을 소환하라', '아들이 어디 있는지도 모르는 대표는 못 믿겠다' 등이었다.

거리가 시끄러운 가운데 제왕 화학 본사 앞 건물의 작은 커피숍에 희우가 앉아 있었다.

조금 시간이 지나고 커피숍 안으로 희우의 고등학교 선배인 박유빈 기자가 들어왔다.

"오랜만이네. 그런데 여의도는 어쩐 일이야? 다시 정계에 진출하려고?"

박유빈의 장난스러운 말에 희우는 고개를 저었다.

그녀가 커피를 들고 와 맞은편에 앉자 희우가 입을 열었다.

"하하, 이쪽에 볼일이 있어 들렀다가 선배가 계실 것 같아서 전화드린 거예요."

두 사람은 가벼운 인사말과 시시껄렁한 농담을 이어 갔다.
희우가 물었다.

"요즘 국회의원들의 동향은 어때요?"

희우는 별로 관심이 없는 말투였다.

박유빈은 역시 아무렇지도 않게 답했다.

그저 국회를 떠난 전 국회의원이 현재의 실정을 궁금해한
다고 생각하는 것 같았다.

"동향을 알아보려면 황진용 의원님이 더 좋지 않아? 기자
라는 신분은 어디까지나 밖에서 지켜보는 거잖아."

"하하, 황진용 의원님은 바쁘신 것 같더라고요."

황진용 의원의 힘이 약해지고 있다고는 하지만 아직까지
는 국회에 발언권이 먹히고 있었다.

그런 의원과 희우가 이런 시점에 만난다는 것은 반대 세
력, 즉 제왕 그룹을 등에 업고 있는 진규학 의원에게 어떤 빌
미를 줄 수도 있었다. 그래서 희우는 황진용 의원과 잠시 거
리를 두고 있는 중이었다.

박유빈이 고개를 갸웃거린 후 입을 열었다.

"정치권 동향이라. 일단 진규학 의원 쪽에 많은 힘이 실리
고 있어. 특히 젊고 개혁을 외치는 사람들이 많이 포진되고
있는 중이야. 그 외에는 항상 같지. 싸우고 헐뜯고."

희우의 시선이 슬쩍 커피숍의 창밖으로 향했다. 그리고 그
냥 지나가듯 물어본다는 듯 입을 열었다.

"그런데 저건 왜 그러는 거래요?"

"어떤 거? 제왕 화학 병역 비리?"

"네."

박유빈이 장난스럽게 웃으며 고개를 저었다.

"저건 경제 전문 기자에게 물어봐야 하는 거 아냐? 난 정치 관련이야."

희우는 가만히 고개를 끄덕였다.

박유빈이 커피를 들어 마시다가 갑자기 눈을 크게 뜨고 작은 목소리로 물었다.

"너 설마?"

"네?"

"저기, 의뢰받은 거야?"

"네? 하하."

"누구야? 제왕 화학? 아니면 의사?"

"의사예요."

희우는 머리를 긁적거렸다.

민수도 그렇고, 주변에 왜 이렇게 눈치 빠른 사람들이 많은지 당황스러울 뿐이었다.

박유빈이 눈을 살짝 뜨고 희우를 보며 말했다.

"알아봐 줄까?"

"네, 그럼 감사하죠."

"좋아. 그 정도는 선배로서 해 줄게."

그녀는 바로 핸드폰을 들고 어디론가 전화를 걸었다.

전화하는 말투를 들어 보니 같은 신문사의 경제부 기자에게 하고 있는 모양이었다.

전화를 끊은 그녀가 희우에게 말했다.

"아직 경제부 쪽에도 들려오는 말은 없대. 그런데 내부 문제일 것 같다는 추측을 하고 있어."

"내부 문제요?"

박유빈이 고개를 끄덕였다.

"재벌가의 병역 비리는 쉬쉬하는 게 관례야. 그런데 저렇게 불거져 나온 걸 보면 누군가가 뒤에 있다는 말이잖아."

여기까지는 희우도 알고 있는 말이었다. 하지만 희우는 모른 척 그녀의 말을 귀 기울여 들었다.

그녀가 말을 이었다.

"지금 천호령 회장의 나이는 연로한데 세 아들의 지분이 똑같다면서? 그런데 주기율 대표가 천하민 사장과 손잡은 모양이야."

"그럼 누가 뒤에서 조종하고 있을까요?"

"천유성 제왕 백화점 대표라는 게 지금 쉬쉬하는 소문이래."

희우는 고개를 끄덕였다.

주기율과 셋째 천하민이 손잡고 있는 것은 알고 있었다.

하지만 천유성이 제왕 화학의 병역 비리 사건을 움직이고 있다는 것은 어렴풋이 짐작만 하고 있었을 뿐이다.

그렇기에 희우는 지금 박유빈의 이야기로 제왕 화학 병역 비리의 뒷이야기에 대해 조금 더 확신을 갖게 되었다.

이전의 기억을 떠올려 보면 제왕 화학 병역 비리 사건은 담당 의사만 검찰에 잡혀갔을 뿐, 어떤 결말도 제시되지 않고 흐지부지 끝나고 말았다.

하지만 천유성은 이 사건이 흐지부지되는 걸 예상은 하고 있을지 몰라도 원하고 있지는 않을 것이다. 이 사건이 해결된다면 천유성 사장은 희우가 내민 손을 쥐고 말 것이다.

천유성은 왕좌에 앉을 수 있다면 악마가 내민 손도 잡을 사람이니까.

박유빈이 커피를 들어 마시며 말을 이었다.

"그런데 그 의사는 정말 자기가 한 일이 아니래?"

희우가 고개를 끄덕였다.

"변호인은 일단 의뢰인을 믿어야 하니까요."

"그럼 대리 신검이야? 아니면 영상 자료를 중간에 바꿔치기한 거야?"

"지금은 대리 신검으로 의혹이 맞춰지고 있어요."

박유빈이 아쉽다는 표정으로 희우를 바라봤다.

"정치인의 문제였다면 내가 한 건 올리는 건데, 아쉽네."

"나중에 정치인 문제가 생기면 선배에게 제일 먼저 넘길게요."

"약속해. 나 승진해야 한단 말이야."

박유빈은 일하러 가야 한다며 자리에서 일어섰다. 그러다가 뭔가 생각났다는 듯 희우에게 물었다.

"네가 그 의사의 변호를 맡았다는 거, 알려도 될까? 원하지 않으면 가만히 있을게."

"상관은 없어요. 그런데 그런 게 기삿거리가 될까요?"

"너를 궁금해하는 사람들이 얼마나 많은데."

"그럼 써 주세요. 대신 제왕 화학에 의혹이 가득하다는 쪽으로 부탁드리겠습니다."

희우는 최대한 이 사건을 이슈화시킬 목적을 가지고 있었기에 박유빈이 기사를 쓰는 것에 찬성했다.

이슈가 될수록, 사람들의 시선이 몰릴수록 제왕 화학은 궁지에 몰리게 될 테니까.

그게 여론의 무서운 점이었다.

박유빈이 떠나고 희우는 잠시 더 커피숍에 머무르며 밖을 바라봤다.

여전히 시위는 이뤄지고 있었다.

희우는 핸드폰을 꺼내 인터넷에 접속했다.

제왕 화학 앞에서 어떤 시위가 일어난다는 기사는 없었다.

희우는 꺼냈던 핸드폰을 통해 창밖으로 시위대의 사진을 찍은 후 자리에서 일어섰다.

밖으로 나가며 희우는 방금 전 만났던 박유빈에게 전화를 걸었다.

"아, 선배. 부탁 하나만 할게요."

－뭔데?

"작은 신문사들을 통해서 지금 밖에서 시위하는 걸 인터넷 기사로 올릴 수 있을까요? 사진을 찍었으니까 보내 드릴게요."

－그건 어렵지 않지. 바로 전송해. 연락할 테니까.

기사가 뜨지 않았다는 것. 그게 감추려고 하는 건지 아니면 국민들이 관심 있어 하는 큰 사건이 아니라 그런 건지는 모른다.

하지만 상관없었다.

소규모 신문사들은 관심을 얻기 위해 자극적인 제목을 뽑아낼 테고, 그러면 제왕 화학의 주기율 대표의 마음이 급해질 테니까.

희우가 커피숍을 나서며 시위대를 슬쩍 바라봤다. 그의 시선은 시위대를 지나 제왕 화학의 건물로 향했다. 그리고 낮은 목소리로 중얼거렸다.

"주기율 대표, 어서 불씨가 꺼지기를 바라고 있죠? 하지만 어쩝니까? 이제 활활 타오를 겁니다."

다음 날, 희우는 병원 근처에 있는 커피숍에서 정형학과 만나고 있었다.

병원 안에도 커피숍이 있었지만 희우의 얼굴이 알려져 있으니 병원 내에서 만나기는 어려운 일이었다.

정형학이 희우의 앞에 서류를 꺼내 뒀다.

테이블 위에 놓인 서류는 사람의 인적 기록이었다.

정형학이 말했다.

"그동안 관찰했습니다. 그만뒀다가 찾아온 사람, 그리고 최근 병원 일보다 전화를 많이 하는 사람, 평소에 그렇게 가까운 사이가 아니었는데 자주 찾아오는 의사입니다."

희우는 정형학에게 병역 브로커는 혼자 일하지 않는다는 말을 했다.

병역 브로커의 일을 돕는 조력자를 찾는 일. 그것이 이번 사건을 해결하는 데 중요한 단서가 될 것이다.

희우는 서류를 들어 확인하기 시작했다.

"꽤 많군요."

정형학이 민망한 듯 웃었다.

"한번 사람을 의심하니까 다 그렇게 보여서요."

"그럴 수밖에 없죠. 주변 사람들이 의심되면 한없이 안 좋은 쪽만 보이게 되니까요."

희우는 정형학이 가지고 온 서류를 한번 훑어본 후 테이블에 내려 뒀다. 그리고 물었다.

"서른두 명이네요."

"네."

"이 중에서 정형학 씨에게 이번 사건에 대해 어떻게 하라고 조언해 주는 사람이 있습니까?"

"조언요?"

정형학은 서류에서 두 명을 꺼내 옆으로 뒀다.

같은 과의 과장과 동료 의사였다.

희우는 물끄러미 두 사람의 사진을 바라봤다.

조언해 주는 사람은 두 가지로 생각할 수 있다.

하나는 정말 정형학이 걱정되어 이런저런 이야기를 해 주는 사람.

그리고 다른 하나는 쉬운 길로 가지 못하게 하여 헤매도록 만들 의도를 가진 사람이었다.

희우가 다시 물었다.

"일을 그만뒀는데 병원에 찾아온 사람은요?"

정형학은 한 명의 서류를 꺼내 옆으로 뒀다.

간호사였다.

정형학이 말했다.

"작년에 병원을 그만뒀던 간호사예요. 며칠 전 병원에 찾아와 동료 간호사들과 식사를 했다고 했어요."

그 자리에 정형학과 함께 일하는 간호사가 자리했기에 그는 자세한 이야기를 들을 수 있었다.

정형학이 계속 입을 열었다.

"저 때문에 병원 이미지가 나빠지면 어쩌나 하는 이야기를 한 것으로 알고 있습니다."

희우가 고개를 끄덕이며 입을 열었다.

"함께 일하는 간호사분에게 들었다고요?"

"네, 그 진료실에 가면 의사 말고 옆에 도움을 주는 간호사 있잖아요. 제 진료실에 있는 간호사분이 말씀해 주셨어요."

"지금 뭘 하면서 산다고 하던가요?"

"간호사가 모른다고 하는 걸 보니, 그런 이야기는 하지 않은 것 같습니다."

희우는 가만히 그만뒀다가 최근 다시 병원을 찾은 간호사의 반명함 사진을 바라봤다.

자신의 신변을 제대로 알리지 않은 것은 알리고 싶지 않은 마음이 있을 수도 있지만 어떤 흔적도 남기지 않으려는 행동 때문일 수도 있다.

그렇게 정형학과 대화하며 희우는 서른 명 중에 여섯 명을 추려 냈다.

물론 이 안에 조력자가 있을 수도 있고 없을 수도 있다.

하지만 정보가 극히 제한되는 상황에서 단 하나의 단서라도 허투루 넘어갈 수는 없었다.

희우가 자리에서 일어서며 정형학에게 말했다.

"계속해서 주변 사람들을 관찰해 주십시오."

"네, 알겠습니다."

정형학의 눈은 희우가 들고 있는 서류에 가 있었다.

자신이 서른 명이나 알아 왔지만 희우가 가지고 있는 것은 단 여섯 개.

혹시 남아 있는 스물네 명 중에 조력자가 있으면 어떻게 할 것인가 하는 걱정이었다.

그런 그의 걱정을 알아차린 희우가 말했다.

"우선 가장 의심되는 여섯 분을 확인해 본 후에 나머지 분들도 확인할 겁니다. 선생님은 병원에서 열심히 진료에 매진해 주세요."

"……네, 알겠습니다."

희우는 커피숍에서 나와 주차장으로 향했다.

차에 오른 희우는 시동을 걸기 전 핸드폰을 들어 올렸다.

그의 전화가 가는 곳은 윤수련 검사였다.

"지금 제가 불러 주는 이름의 사람들의 정보 좀 주시겠습니까?"

─누구죠?

"제왕 화학 병역 비리 사건이에요. 브로커를 찾고 있는데, 그 전에 일을 돕고 있는 조력자를 먼저 찾아야 해서요."

제왕 화학이라는 말에 윤수련은 흔쾌히 돕겠다는 말을 전했다.

그리고 그날 밤, 집에 있는 희우에게 윤수련으로부터 전화가 걸려 왔다.

─방선진, 이 사람이 조금 이상한데요? 최근 3개월 동안 같은 핸드폰으로 2천 통 이상의 전화를 걸었어요.

희우는 윤수련의 말을 들으며 방선진의 인적 기록을 찾아 읽어 내려갔다.

3개월 동안 2천 건, 산술적으로 하루 스물두 건의 전화를 했다는 내용이었다.

물론 새로 만난 연인이거나 하면 가능할 수도 있는 일.

하지만 방선진의 나이는 마흔. 이미 초등학교에 다니는 아이가 있다.

윤수련이 말을 이었다.

―방선진이 통화한 전화번호를 확인해 보니 대포폰으로 의심됩니다.

"감사합니다."

―뭘요, 제왕 그룹에 관한 일이면 같이해야죠.

윤수련은 희우에게 방선진에 대한 이야기를 더 이어 나갔다.

마이너스 통장, 대출, 카드 등 방선진의 재산 상태는 한계에 도달해 있었다.

윤수련과 전화를 끊은 희우는 가만히 눈을 감았다.

방선진……. 가장 의심되는 사람이었다.

다음 날, 희우는 상만과 만나고 있었다.

상만의 옆에는 얼마 전, 더블유 파이낸싱을 잡을 때 상만의 역할을 대신했던 서도웅이 앉아 있었다.

상만이 희우에게 물었다.

"그런데 도웅이는 왜 데리고 나오라고 하셨어요?"

상만과의 대화는 대부분 비밀로 지켜져야 할 것이 많아 희우는 다른 사람과 함께 만나는 것을 꺼려했다. 그랬기에 서도웅과 함께 나오라는 말에 상만은 의아함을 가질 수밖에 없었다.

희우가 서도웅을 보며 말했다.

"연기 한번 시켜 보려고 하는데 어때?"

서도웅이 고개를 갸웃거렸다.

"연기요?"

"소극단에서 연극했다며?"

"네, 연극을 했지만 재능이 없어 그만뒀습니다. 물론 일반 사람보다는 잘하겠지만 김희우 변호사님께 비하면 미천한 재주를 가진 것뿐입니다."

서도웅의 말투를 듣고 있던 상만이 고개를 저으며 희우에게 말했다.

"신경 쓰지 마세요. 저번에도 봤지요? 이놈 별명이 아부왕이에요. 하지만 연영과를 졸업했고 소극단에서 연극도 해 봤으니까 연기력으로는 걱정하지 마세요."

희우가 마음에 든다는 듯 입을 열었다.

"내가 대단한 연기자를 캐스팅했구나?"

그 말에 다시 서도웅이 자리에서 일어나 희우에게 고개를
숙였다.

"감사합니다."

희우가 손을 내저었다.

"그런 거 별로 좋아하지 않으니까 편하게 해 줘."

"네!"

희우가 가방에서 서류 뭉치를 꺼내 상만과 서도웅의 앞에
내려 뒀다. 그리고 서도웅을 보며 입을 열었다.

"예전에 박상만 사장이 만들었던 페이퍼 컴퍼니야."

몇 년 전, 희우가 검사이던 시절, 그는 상만을 통해 페이
퍼 컴퍼니를 만들어 뒀다.

물론 지금은 전혀 이용하지 않지만 아직 폐업 신고를 하지
않았기에 회사는 살아 있었다.

희우가 말을 이었다.

"몇 년이나 된 사업체이기 때문에 쉽게 의심받지는 않을
거야."

"······."

희우는 사업자 등록증을 뒤로 넘겼다. 그러자 다른 장부가
나타났다.

"이것은 만들어진 재무제표야. 3년 정도만 만들어 뒀지."

가만히 듣고 있던 상만이 눈을 껌뻑거리며 희우를 바라봤다.

"이걸로 뭘 하시려고요?"

"브로커를 잡을 거야."

"브로커요?"

희우가 고개를 끄덕였다. 그리고 말을 이었다.

"난 군대 면제를 시켜 주는 브로커가 제일 싫거든."

아무도 모르고 있지만 희우는 군대를 두 번이나 다녀왔다.

그런 그에게 브로커를 통해 면제를 받는 사람들은 가장 미운 존재 중 하나였다.

희우가 말을 이었다.

"한국 대학교 병원 방사선과에 일하는 방선진 씨를 만나 봐."

희우는 테이블 위에 정형학이 두고 간 인명부를 꺼내 내려 뒀다.

방선진의 반명함 사진이 상만과 서도웅의 눈에 들어왔다.

희우가 말을 이었다.

"이 얼굴, 기억해. 이 사람이 방선진이야. 은근슬쩍 병역 비리에 대한 것을 의뢰할 수 있게끔 해."

옆에서 가만히 듣고 있던 상만이 입을 열었다.

"지금 병원이 병역 비리 때문에 난리잖아요. 그런데 또 협잡질을 할까요?"

희우가 고개를 끄덕였다.

"지금 돈이 상당히 부족한 모양이야."

"돈요?"

"응, 마이너스 통장을 한도까지 꽉꽉 눌러 담았더라고. 그런데 이 사람에게는 초등학생 아들이 있어. 당연히 돈이 필요하겠지? 이런 사람은 위험성이 있어도 물려고 할 거야. 단, 대놓고 병역 브로커를 만나고 싶단 말을 하면 안 돼. 은근슬쩍 상대가 먼저 입을 열도록 만들어 봐."

서도웅이 머리를 긁적거렸다.

"제가 다른 연기는 다 하겠는데, 서른이 다 되어서 군대 면제 받고 싶다는 연기는 어려운데요. 누가 봐도 이미 갔다 온 걸로 보이지 않나요?"

희우가 피식 웃었다.

"연석이랑 같이 가."

"연석이랑요?"

"연석이는 누가 봐도 군대 갈 나이잖아. 그런데 연석이한테 연기시키지 마라, 그놈은 누가 봐도 티 나더라."

미성년자 성매매 일당을 잡던 날, 연석은 희우의 지시에 의해 성매매를 하는 대학생으로서 움직였다. 하지만 표정 관리가 되지 않고 몸이 딱딱하게 굳어 있는 것이 옆에 있던 희우의 눈에도 보일 정도였다.

서도웅이 먼저 자리에서 일어나 떠났고 희우는 상만과 함께 마주 앉았다.

상만이 어색한 표정으로 웃으며 물었다.

"자, 이제 또 어떤 일을 시키려고 하시는가요?"

"제왕 화학에 대한 모든 자료를 구해 봐."

"숟가락까지요?"

"젓가락까지."

"알겠습니다."

상만은 주머니에서 작은 수첩을 꺼내 희우가 한 말을 적었다. 그리고 물었다.

"제왕 화학 병역 비리 때문에 이러시는 거죠?"

"응."

"저도 비리를 저지르며 군대 안 갔다 온 놈들이 싫으니 최선을 다해 돕겠습니다."

희우가 고개를 저으며 말했다.

"그럼 평소에는 최선을 다하지 않은 거야?"

"아뇨. 하지만 이번엔 그냥 박상만이 아니라 병장 박상만의 명예를 걸고 해야죠."

군대를 다녀온 남자들의 대동단결이었다.

한국 대학교 병원.

그곳에 서도웅과 연석이 섰다.

연석이 하품을 하며 물었다.

"저는 왜 오라고 한 거예요? 아픈 곳도 없는데. 그리고 실장님도 멀쩡한데요?"

연석은 병원에 왜 온 건지 아무것도 모르고 있었다. 그저 상만이 서도웅과 함께 병원에 가라는 말을 듣고 따라온 것뿐이었다.

서도웅이 말했다.

"넌 그냥 병원 복도에 가만히 앉아 있으면 끝이야."

"그게 전부예요?"

"응."

"그럼 공부나 하고 있어야겠네요. 바로 시험이 있어서요."

"그건 알아서 하고."

연석은 정말 병원 로비에 앉아 공부를 시작했고 서도웅은 정형외과로 들어갔다.

하지만 연석이나 서도웅이 모르고 있는 것이 있었다.

병원 로비의 구석에 모자를 쓰고 고개를 숙이고 있는 남자. 그는 희우였다.

희우는 귀에 걸린 블루투스 이어폰을 통해 민수와 전화를 하는 중이었다.

"지금 연기자가 들어갔습니다."

─나도 병원 밖에서 대기하고 있다. 난 대기하는 게 제일 싫어. 재미도 없고 지겹고, 시간만 낭비 아니야?

"심심하면 노래라도 부르고 계세요."

희우와 민수는 방사선사가 조력자가 맞다면 그를 잡아 바로 브로커까지 엮을 생각을 하고 있었다.

그 시각, 서도웅은 정형외과 의사 정형학의 앞에 앉아 있었다.

정형학은 서도웅이 희우를 통해 이곳에 왔다는 것을 전혀 모르는 상태였다.

"어디가 아프시다고요?"

"갈비뼈가 조금 아파요. 작년에 교통사고가 난 적이 있는데 그 이후로 가끔씩 아파서 왔어요."

정형학은 서도웅이 아프다고 하는 곳에 손을 대 보았다. 당연하지만 특별한 이상은 보이지 않았다.

그렇다고 해도 진료를 보러 온 환자에게 어떤 검사도 하지 않고 보낼 수는 없었다.

만에 하나 잘못된 곳이 있을 수도 있기 때문이다.

잠시 서도웅을 바라보던 정형학이 입을 열었다.

"일단 큰 이상은 없어 보이는데요. 그래도 엑스레이를 한번 찍어 보지요."

"네, 알겠습니다."

서도웅은 자리에서 나와 방사선과로 향했다.

안으로 들어가자 방사선과 의사 방선진이 서도웅을 맞이했다.

서도웅의 눈빛이 방선진을 훑었다.

사진 속 인물이 맞았다. 즉, 희우가 말한 타깃.

서도웅은 작게 한숨을 내쉰 후 방선진의 앞에 섰다.

어게인
마이라이프
SEASON2

방선진이 서도웅에게 말했다.

"상의 탈의하시고요."

서도웅이 옷을 벗으며 입을 열었다.

"저기……."

서도웅이 말을 끌자 방선진이 시선을 돌려 그를 바라봤다. 서도웅이 말을 이었다.

"병역면제를 받으려면 어떤 이상이 있어야 하나요?"

"네?"

방선진의 미간이 찌푸려졌다.

지금 한창 병원이 정형학의 병역 비리로 시끄러울 때였다. 이런 때 나타나 병역면제에 대해 물어보고 있으니 기분이 좋을 수는 없었다.

서도웅이 방선진의 표정을 보고 황급히 손을 내저었다.

"아니, 그런 게 아니고요. 아, 저는 군대 다녀왔어요. 그런데 제 조카가 병역면제를 받기에는 무리지만 정신적으로 약간 좋지 않거든요."

방선진은 쌀쌀맞은 태도로 몸을 돌렸다.

"사진 찍으실 거면 그쪽에 가서 서 주세요."

서도웅이 머리를 긁적였다. 그리고 말했다.

"녀석이 어린 시절에 미국에서 살았는데 눈앞에서 부친이 총에 맞아 돌아가시는 걸 봤거든요. 그 이후로 하렘가에서 험하게 살았던 녀석이라 군대에 가면 무슨 사고를 칠지 몰라요."

서도웅은 지금 되도 않는 거짓말을 하고 있었다.

방선진은 아무런 감흥이 없다는 태도로 엑스레이를 찍을 준비를 했다.

그를 슬쩍 보며 서도웅이 다시 침울한 말투로 입을 열었다.

"죄송합니다. 해외에서 사업하다 보니 이런 연줄이 없어서 불법이고 위험한 걸 알면서도 쓸데없는 걸 물어보고 있네요."

돈이 있다는 말에 방선진의 움직임이 순간적으로 멎었다. 잠시 그의 눈동자가 흔들리는 것 같았다.

다시 천천히 서도웅을 훑어보는 방선진. 잠시 후 그가 말했다.

"어떤 사람이죠?"

"네?"

"병역 비리는 모르지만 사장님 쪽 사정이 안타까워 보여서 한번 보려고 합니다. 방사선과 의사라도 기본적인 것은 배웠으니 면제받을 수 있는지 확인해 드릴게요."

"정말요?"

"네, 제가 퇴근 후에 뵐 수 있을까요? 조카분도 함께 볼 수 있으면 좋겠는데요."

"물론입니다. 몇 시에 퇴근하시나요? 하하하하."

진료실에서 나온 서도웅은 연석의 앞으로 걸어가 섰다.

"저녁에나 일이 시작될 것 같네."

"일요?"

"응, 조금 이따가 의사가 뭐라고 해도 너는 무조건 아무 대답도 하지 마."

"왜요?"

"그냥 그러고 있어. 김희우 변호사님의 명령이야."

연석이 하품하며 고개를 끄덕였다.

"알겠어요. 대답하지 않는 거라면 제가 잘해요. 그런데 몇 시에 하는 건가요? 카페에서 공부하고 있을 테니까 시간되면 올게요."

서도웅이 손목을 들어 시계를 보며 말했다.

"시험이라고 했지? 그럼 다섯 시쯤 만나는 걸로 할까?"

연석과 서도웅이 떠났지만 희우는 여전히 그 자리에 앉아 있었다.

그리고 시간이 조금 더 지나 점심시간이 되었다.

희우의 앞에 한 간호사가 섰다.

"……김희우 변호사님이시죠?"

그녀는 정형학의 간호사였다.

희우와 간호사는 점심시간을 이용해 남몰래 만나기로 약속되어 있었다.

희우가 자리에서 일어섰다. 그리고 그녀에게 말했다.

"정형학 선생님에게는 말씀드리지 않았죠?"

"네, 아무도 모릅니다."

얼마 전, 민수와의 술자리에서 민수는 정형학에 대해 '병역 비리 말고도 다른 의혹이 많은 놈이야.'라고 말했다.

희우는 간호사를 통해 그 의혹까지 파고들 생각이었다.

상대가 의뢰인이라 해도 죄가 있다면 확인해야 하니까.

늦은 오후, 천호령 회장의 자택.

천호령 회장은 정자에 앉아 시원하게 불어오는 바람을 느끼고 있었다.

뚜벅뚜벅.

그를 향해 걸어오는 누군가의 발소리가 들렸다.

천호령 회장의 비서실장이자 '도시 상어'라고 불리는 조진석이었다.

조진석은 정자의 앞에 서서 천호령 회장을 향해 살짝 고개를 숙였다.

그를 슬쩍 본 천호령 회장이 입을 열었다.

"올라와."

조진석은 신발을 벗고 정자에 올라가 천호령 회장의 앞에 앉았다. 그리고 그의 앞에 서류 뭉치를 내려 두며 말했다.

"김희우 변호사가 제왕 화학 병역 비리에 접근하고 있습니다."

"발버둥을 치겠지."

"그런데 제왕 화학의 병역 비리를 터뜨린 게 천유성 사장이라고 합니다."

그 말에 천호령 회장은 뭐가 재밌는지 크게 웃기 시작했다.

"유성이는 상대가 움직이지 않으면 먼저 치는 성격이지. 예상을 벗어나지 않아."

잠시 후, 천호령 회장의 웃음소리가 끝나자 조진석이 서류 봉투를 열어 상 위에 올렸다.

"시키신 대로 제왕 그룹에 대한 국민들의 의식을 조사해 왔습니다."

천호령이 조진석에게 은밀히 지시한 일이었다.

그들이 가지고 있는 계획을 이뤄 내기 위한 작업 중 하나로 첫 번째가 시민들이 제왕 그룹에 대해 가지고 있는 인식을 가감 없이 조사해 오는 것이었다.

천호령은 조진석이 앞에 둔 서류를 읽지도 않고 입을 열었다.

"어떤가?"

"좋지는 않습니다. 천하 그룹이 전자와 자동차로 세계에서 인정받으며 국위 선양을 하고 있다고 생각하는 반면, 제왕 그룹은 국민들의 피를 빨아먹는 모기와 같다는 내용이 대부분입니다."

제왕 그룹의 총수 앞에서 하기에 부적절한 표현의 언행이었지만 조진석은 정말 가감 없이 이야기하고 있었다.

천호령 회장이 고개를 끄덕이며 되물었다.

"모기라……. 마음에 들어. 그리고?"

"재벌의 탈을 쓴 부동산 투기꾼이었습니다."

"그것도 마음에 드는군."

제왕 그룹은 천호령 회장이 젊은 시절, 과자 판매로 시작했다. 그리고 노른자 땅에 사옥과 공장을 지으며 부동산 재벌로 거듭났다.

이후에는 백화점과 마트 등의 유통업과 호텔 같은 숙박업 등 사업적 위험성이 덜한 일을 주력 사업으로 삼으며 대한민국에서 현금 보유량이 가장 많은 재벌 가문이 되었다.

천하 그룹의 전대 회장인 김건영 회장이 도전적으로 신사업을 확장하던 것과는 정반대의 행보를 보이고 있었다.

조진석이 가만히 천호령 회장을 바라보며 말했다.

"이미지를 더 좋지 않게 만들까요?"

회사의 이미지를 좋지 않게 만든다는 것은 위험한 일이었다.

하지만 천호령 회장은 고개를 끄덕이고 있었다.

"사람들이 악마라고 떠올린다면 그것이 곧 제왕 그룹이 되게 만들어 봐."

"알겠습니다."

"물론, 아들놈들은 모르게 진행하도록 하게. 다른 놈들은 몰라도 그 세 놈은 내 핏줄을 타고난 놈들이야. 아주 위험해."

"알겠습니다."

천호령 회장이 가만히 조진석을 바라보며 빙긋이 웃었다. 그리고 말을 이었다.

"난 자네가 좋은 게 쓸데없는 질문을 하지 않아."

"다 뜻이 있다고 생각할 뿐입니다."

천호령 회장의 시선이 정자 앞의 연못으로 향했다.

"내 재산이 얼마가 되는지 아나?"

"……."

"나도 모르네."

"……."

"우리가 앉아 있는 이 정자를 만들 때 쓰인 나무가 북유럽에서 가지고 온 거라고 해. 가격이 얼마가 되는지 아나?"

"……."

조진석이 가만히 있자 천호령 회장이 웃기 시작했다.

"나도 모르네. 그럼 우리 집이 몇 평인 줄 알고 있나?"

"모르겠습니다."

"그래, 나도 모르네."

천호령 회장이 자리에서 일어서자 조진석도 따라 일어섰다.

천호령 회장이 정자 아래로 내려가 정원을 걸으며 입을 열었다.

"평범한 사람들은 자기 집의 평수를 알고 있지. 10평대, 30평대, 40평대 아파트. 닭장 속에 사는 놈들."

"……."

"제왕 마트의 캐셔로 일하는 사람의 월급이 한 150만 원쯤 되나? 매일같이 여덟 시간씩 마트에 나와 일하며 버는 돈으로 지 새끼 간식을 사 주고 옷을 사 줘."

"……."

"그렇게 벌어서 아등바등 적금도 10만 원쯤 넣어 보고 보험도 내고 하겠지. 그리고 퇴근 후에는 똑같은 것들끼리 모여서 맥주 한 잔을 마실 거야. '일이 끝난 후에 마시는 맥주가 행복이다.'라고 자위하면서."

"……."

"그리고 나이가 들어 병에 걸리겠지. 평생을 혹사했으니 병에 걸리지 않는 게 이상한 일이야. 그래서 그 사람들은 10만 원씩 적금을 부었던 돈을 병원비로 날리고 죽어. 그렇게 죽어 가는 것. 그게 행복인 줄 아는 서민들의 삶."

"……."

"그게 내가 원하는 시스템이네."

천호령 회장의 발걸음이 연못 앞에서 멈췄다.

연못 안의 비단잉어가 헤엄치고 있는 모습이 선명하게 보이고 있었다.

잠시 연못을 바라보던 천호령 회장이 말을 이었다.

"난 어린 시절에 미군에게 껌이나 초콜릿을 팔며 돈을 벌었어. 춥고 배고프고 암울했지. 내 자식들에게는, 내 손주들에게는 내 후손들에게는 그런 삶을 살게 하고 싶지 않아."

조진석이 고개를 끄덕였다.

"저도 마찬가지입니다."

"그래서 그 시스템을 만들 걸세. 서민들은 행복에 겨워 살고 우리는 우리대로 살고. 개천에서 용이 날 수 없는 그런 세상."

"……."

"개천에서 용이 나지 않게 하려면 개천의 물을 빼 버리면 되는 거야. 그런데 김희우 같은 놈들은 멍청한 생각을 해. 법 앞에 평등하니 어쩌니. 바보 같은 소리지. 국회의원까지 했다면 그 법을 만든 것이 누구라는 걸 분명히 알고 있을 텐데."

"……."

"그래, 군대라는 것을 우리가 꼭 갈 필요가 있나? 군대를 제대하고 2년 동안 노예살이를 한 것에 대한 추억을 나누는 것은 자기들끼리 하라고 해. 우리는 그동안 나라의 경쟁력을 높여 줄 테니까. 무엇이 국가에 더 이득인가?"

천호령 회장이 고개를 돌려 조진석을 바라보며 환하게 웃었다.

그 노인의 미소는 그 누구보다 사람이 좋아 보였고 즐거워 보였다.

천호령 회장은 다시 천천히 정원을 걷기 시작했다.

그 뒤를 따르던 조진석이 말했다.

"보고드릴 게 더 있습니다. 사람을 하나 구했습니다."

"사람이 필요하면 알아서 쓸 일이지, 그런 것까지 보고하고 있나?"

"조태섭 의원의 아래에 있던 사람입니다."

천호령 회장의 눈이 조진석에게 향했다.

어서 말을 하라는 눈빛에 조진석이 천천히 입을 열었다.

"9년 형을 받고 교도소에 있던 사람입니다. 이번에 가석방으로 출소시켰습니다. 회장님은 대수롭지 않게 생각하시지만 전 김희우가 상당히 두렵습니다."

천호령 회장의 눈에는 여전히 의문이 남아 있었다. 도대체 무엇이 두려운가 하는 눈빛이었다. 하지만 천호령 회장은 그 의문을 직접 묻지 않았다.

조진석이 말을 이었다.

"그자는 뒤처리에 관한 능력이 상당합니다. 그자가 재판을 받을 때, 법원에서 제대로 찾지 못한 증거가 어마어마했으니까요. 그리고 무엇보다 김희우에 대한 복수심이 상당히 강합니다. 옆에 두고 쓴다면 도움이 될 것입니다."

천호령 회장이 고개를 끄덕였다.

"알아서 하게."

교도소 밖으로 한 남자가 나왔다.

그의 앞으로 검은 차량이 멈춰 섰다.

차량의 문이 열리고 한 사내가 내려 남자에게 고개를 숙였다.

"고생하셨습니다."

남자는 가만히 하늘을 올려다봤다.

그리고 차량을 타고 온 사내가 건넨 담배를 입에 물었다.

뿌연 연기가 남자의 입에서 흘러나왔다.

교도소에서 출소한 남자. 그는 희우가 검은 양복이라는 이름으로 알고 있는 자였다.

이전의 삶에서 희우를 죽였던 사람.

이번 삶에선 희우가 차로 들이받았던 사람.

그가 가석방되어 사회로 나오게 되었다.

다음 권으로 이어집니다

꿈의 도약, 로크에서 하십시오
(주)로크미디어에서 신인 작가를 모십니다

즐거운 세상, 로크미디어는 꿈을 사랑하고 도전을 두려워하지 않는 작가 분들의 참신한 작품을 기다리고 있습니다. 21세기 장르 문학계를 이끌어 갈 차세대 선두 주자 (주)로크미디어에서 여러분의 나래를 활짝 펴 보시길 바랍니다.

모집 분야 판타지와 무협을 포함한 장르 문학
모집 대상 아마추어 작가, 인터넷 작가
모집 기한 수시 모집
작품 접수 시 유의 사항
　　1. 파일명은 작가명_작품명.hwp형식을 갖춰 주십시오.
　　1. 파일에 들어갈 내용은 다음과 같습니다.
　　　　─ 성명(필명인 경우 실명을 밝혀 주세요), 연락처, 이메일 주소
　　　　─ 제목, 기획 의도
　　　　─ A4용지 1장 분량의 등장인물 소개
　　　　─ A4용지 2장 분량의 전체 줄거리
　　　　─ 본문
　　1. 작품이 인터넷에 연재되고 있다면, 게시판명과 사이트의 구체적이고 정확한 주소를 기재해 주십시오.

선택된 작품은 정식 계약 후 출판물로 간행되어 전국 서점에 유통됩니다.
작가 분은 (주)로크미디어의 전폭적인 지원하에 전속 작가로 활동하시게 됩니다.
※ 자세한 내용은 로크미디어 홈페이지(rokmedia.com)를 참조하세요.

(03920)서울시 마포구 성암로 330 DMC첨단산업센터 3층 314호
(주)로크미디어 편집부 신간 기획 담당자 앞
전화 : 02 ─ 3273 ─ 5135
www.rokmedia.com 　 이메일 : rokmedia@empas.com

SEASON2
Again my Life

어게인 마이 라이프

**절대 권력자를 잡고 자취를 감췄던 천재 검사,
악덕 대기업을 무너뜨리기 위해 변호사로 돌아오다!
『어게인 마이 라이프 Season2』**

조태섭 의원을 체포하고 모든 것을 내려놓은 김희우
그런 그에게 연수원 동기의 자살 소식과 함께
한 통의 의뢰가 찾아든다

"남편의 명예를 되찾고 싶어서 찾아왔습니다.
절대 자살 같은 걸 할 사람이 아니에요."

한국 경제를 좌지우지하는 거대 그룹에 살해당한 친구를 위해
법무 법인 KMS에 입사한 그는
제왕 그룹을 파헤치기 위해 활동을 재개하는데……

**그가 있는 곳에 사회정의가 있다!
당신의 숨통을 틔워 줄 김희우 변호사의
치밀한 복수극이 시작된다!**

황금가

나한 신무협 장편소설